中国文化意象之江南篇

江南詩學

胡晓明 著

上海書店出版社
SHANGHAI BOOKSTORE PUBLISHING HOUSE

作为一种文化诗学的“江南”如何可能?（代序）

一

南宋时杭州城的庆春门内，有一个叫做听潮寺的寺庙，后来改名为归德院。为什么改名呢？因为那里靠近钱塘江，有一次宋高宗在寺庙里过夜，晚上听到潮声，就以为是金兵杀过来了。他觉得这个名字太有杀气，就改名为“归德院”，隐喻着金人和平归顺大宋。

寺里面有一块宋高宗的题诗石刻，题的是苏东坡的《书李世南所画秋景》：

> 野水参差落涨痕，疏林欹倒出霜根。扁舟一棹归何处，家在江南黄叶村。

原来高宗住在这里时也读到了这首诗，他喜欢，就题了来赐给大臣刘汉臣，人们刻石于此。后来毁于大火。

宋高宗喜欢此诗，而恐惧潮声，这表明，“江南黄叶村”的和平安宁与山明水秀，给了惊魂未定的皇帝一种温暖的感受。

其实，那梦中惊扰了宋高宗的金主完颜亮，跟高宗有共同的感受。他也正是垂涎艳羡于那“十里荷花，三秋桂子”的江南风物，才兴起投鞭渡江之意。

这两个具有传奇色彩的故事都无暇考证，传奇中有真实的心史。无论是“黄叶村”，还是荷花、桂子，美丽富庶、明丽温暖的江南，分明为来自北中国的统治者，打开了一个新鲜而魅力无穷的世界。

于是也引得好多诗人画家，都向往着那扁舟一叶的宁静安适所在。所以，像这样的诗句：“投老江南黄叶村，菊花时节雨昏昏”、“家在江南黄叶村，归来重葺柳边门”，表达自在而深情，一种非常内在的生命感。韩驹的名句：“日暮拥阶黄叶深”，无疑有城市大隐的意味。在这个温暖之所，失落于深深的梦。他的朋友李彭还夸他：“平生黄叶句，摸索便知价。”也是宋诗话中有意味的典故。

这表明，江南的“地方”，可以成为一种观念，成为一种带着情感与记忆的思想，一种富于文化意味的诗学。

二

我有一段时期，年年都要去杭州的老龙井。老龙井是西湖畔凤凰岭下的一眼宋代的水井，近些年重新发现，区别于明代的龙井。老龙井不仅是“树大”、“山深”，更是“人老”。北宋元丰元祐间，以名僧辩才法师为中心，东坡、苏辙、秦观、参寥、米芾、赵抃等，一时名胜，云虎相从。古人感叹说当时“瑰词藻翰，衣被泉石；人境之胜，甲于西湖”。关于那里的泉水，秦观《龙井记》写道：

> 是岁余自淮南如越，省亲过钱塘，访法师于山中。法师曳杖送余于风篁岭之上，指龙井曰：此泉之德至矣，美如西湖不能淫之使迁，壮如浙江不能威之使屈，受天地之中，资阴阳之和，以养其源。推其绪余，以泽于万物，虽古有道之士，又何以加于此，盍为我记之。余曰唯唯。（秦观《淮海集》卷三十八《龙井记》）

我们知道，龙井的泉水很好，然而古人对好的泉水的解读，却是一种生命的启示意义。首先，秦观所述辩才此语，即隐含孟子所谓“富贵不能淫，威武不能屈”。可见辩才法师及龙井诸友胸中，学养之美富，及道德实践功夫之深厚。

其次，“受天地之中，资阳阳之和，以养其源”。这不仅是泉水好的理由，而且是做一个“有道之士”的理由。既不受过于阴性的环境所熏染，也不受过于刚性的环境所压迫。至刚则易折，过柔则易淫。在北宋高人辩才看来，读书人立身处世的位置与姿态十分重要。

这里，宋代的“龙井”不仅是一处高人赏诗品茗之地，无疑更是古人身心修行之所、文明传承之地。“龙井”分明成为一个葱茏诗意的地点，成为江南诗学的点睛之地。

三

江南还有一个有情有义的地名：“新亭”。《世说新语·言语》：

> 过江诸人，每至美日，辄相邀新亭，藉卉饮宴。周侯中

坐而叹曰："风景不殊，正自有山河之异！"皆相视流泪。唯王丞相（导）愀然变色曰："当共戮力王室，克复神川，何至作楚囚相对？"

这是"新亭对泣"的原典。粗粗一读，"风景不殊"与"山河之异"二语，就会发现一个问题：如果将"山河"解为政权，将"风景"读为眼前的景色，那么，这句话分明有一语病：风景依旧是原来的风景，而政权已易手异族统治了。可是，王导周颢诸名士饮宴赏景所面对的风景，分明是秦淮河，并未沦落异族之手，建康依然是南中国的首都，谈不上"山河之异"的。

宋人周密《浩然斋意抄》说："风景不殊，举目有山河之异。此江左新亭语，寻常读去，不晓其语。盖洛阳四山围，伊、洛、瀍、涧在中。时建康亦四山围，秦淮直其中，故云耳。所以李白诗曰'山似洛阳多'，许浑诗云'只有青山似洛中'。"原来，王导诸人原先在西晋的首都洛阳饮酒，所见到的风景，与在秦淮河边所见的风景，并没有什么两样，皆有眼前河、四面山，然而原先的山河，此时正已沦落于异族统治之下了。风景不殊的风景，原来是洛阳与建康极为相似的"风景"，这里的"风景"，不是单纯的自然山水风光，而是已经投射了情感，成为一种诗性的符号了。这样读，仿佛让我们置身于过江名士的宴饮集会，听得到他们的欷歔感叹。这里，江南的胜景，因为历史人心的浸染，成为一种南北迁流与故土离散之悲、一种亡国之思，一种深入骨髓生命中不能排遣的集体苦痛记忆。陆游《夜泊水村》："老子犹堪绝大漠，诸君何至泣新亭？"辛弃疾《水龙吟·甲辰岁寿南涧尚书》："渡江天马南来，几人真是经纶手？长安父老，新亭风景，可怜依旧！"

再讲一个小小的地名例子，"定西"是浙江的一个县，这个县如何得名的呢，原来与晚明一个英雄张名振被封为“定西将军”有关。因为当时残明余部，还守在浙江沿海，舟山群岛，从“残明”方位的角度来看，整个浙江都是浙西，“定西”就是收复浙江。所以陈寅恪读钱牧斋《和东坡诗》第一首句子“重围不禁还乡梦，却过淮东又浙西”，淮东即凤阳，暗指凤阳祖陵，淮东以示不忘明室祖宗之意，浙西以示不忘怀念故国之意。这样，钱牧斋反清复明的心志，才得到细心地发现。

四

无论是“浙西”，还是“新亭”，上述分析都强调了历史脉络中真实可考的特定时间、事件与人物，这是史实的内涵。然而“地名”除了“实”的意义，还有“虚”的一面。陈正宏教授著文发现，收藏于上海博物馆的明代著名书画《词林雅集图》，不仅是明代江夏派代表画家吴伟的作品，而且其本质上更是一种以吴伟画为图引，记录了明代弘治年间多位文士一次重要的文学聚会活动的图文并茂的文集。①

弘治十八年，李梦阳、何景明、王阳明等聚会送友人龙霓由就官外任浙江佥事，参加聚会的共有二十二人，人各赋一诗，应有二十二题（缺二题），这二十个题目及其作者是：

《钱唐》（李梦阳）　《鹅池》（刘淮）　《西湖》（王阳明）
《鉴湖》（陈沂）　《桐江》（陈钦）　《兰亭》（李熙）
《苕溪》（缺）　《剡溪》（何景明）　《葛洪川》（缺）

---

① 陈正宏：《美术世界中的文学文献》，收入《卿云集续编》，上海古籍出版社2005年版。

《苏公堤》(顾璘)　《明月泉》(镏麟)　《清风岭》(杭淮)
《林逋宅》(范渊)　《太伯祠》(边贡)　《白石洞》(缺)
《绿波亭》(缺)　《曹娥江》(谢承举)　《谢公楼》(缺)
《读书堆》(缺)　《歈笙台》(王丰)

这里有关江南诗学的待发之覆是：为什么送别外任官，要以他即将游历之地点来作诗题？为什么别的不选，专选取新官上任所去的浙江重要人文胜迹？《词林雅集图》后有接裱的《文会赠言叙》(罗玘)，多少提示了当时参与文会写作者的主要心情：

> ……题必以浙之胜者，志(龙)致仁他日次第之所名历也。而基经纬脉络，予请为致仁商之：夫人之北道赴浙者，必自槜李入。春秋之末，吴越于此日寻干戈，争尺寸焉，今则东南孔道也。则夫天下可以为，有一定之势乎哉！孟子曰：所恶执一者，为其贼道也，可不省诸？而于是时，当迓者至，导以入会府之城，其于古也，为钱塘。即而行礼上之礼，越三日，群庙告至，读表忠观之碑，循苏公堤，拜武穆王之像于西湖之上，奋曰：予何人哉！庶几臣节可励也。
>
> 浙分东西二道，佥事岁分其一焉。渡浙而北溯者，为桐江，姓是州者谁也？载求泰伯祠而鞠躬焉。廉贪起懦于消息盈虚之间，盍于明月泉乎验之其然邪？要今之二千石无有慢游以病民者，有则必诛。扃谢公楼，窒白石洞，弭绿波亭下舣舟而嬉者，其严乎？使兰亭诸贤尚在，亦当减坐中觞咏之七。孰为曹娥江之庙，骢之过也式之。式清风岭之祠，访林逋之宅，亦有筑堆读书如顾野王者乎？则驻节赏之。而或舁夫所指，有吹笙台焉。呵之左道，无缘而入矣。……

盖二十二题中，有关两浙人物胜迹有泰伯、严子陵、曹娥、王羲之、谢安、葛洪、白居易、苏轼、林逋、岳飞、顾野王等，英雄、豪杰、圣贤、名宰、师儒、道士、孝女、名臣、诗家、书圣等，皆江南人文景观之最著名者。正如罗序所云，于景观所表彰人物之风流光彩中，或“廉贪起懦”，或“驻节赏之”，“庶几臣节可励也”。这正是江南景观文化的政治功能。我们如果只依西方所谓“文学创作”的概念来理解古人，只从古人的诗文集中阅读这些作品，就不能还原这些作品的真正现场，看不出这些作品的对象究竟是谁，也就几乎与古人的真正心事，失之交臂了。

这样的例子非常多。屈原创造了湘水，谢灵运创造了永嘉，渊明创造了桃花源，王维创造了辋川，杜甫创造了草堂，东坡创造了赤壁，黄公望创造了富春江，祁彪佳创造了寓山园……，“秦时明月汉时关，万里长征人未还”，“南朝四百八十寺，多少楼台烟雨中”，“能令汉家重九鼎，桐江波上一丝风”，“二十四桥明月夜，玉人何处教吹箫”，“姑苏城外寒山寺，夜半钟声到客船”，“不因兴尽回船去，哪得山阴一段奇？”……一方面是诗人将他们的感情与意念投入到特定的“地方”中，使“地方”成为活生生的人的生命的一个部分，另一方面“地方”也将历代诗人的生命记忆与情思想像保存、增殖，不断再生产出来。记得钱穆说过，中国文学的一个特点，即它的作品里所表现的地方，可以在地图上一一指出来。这完全不同于西方诗歌以圣经故事和神话来虚构叙事。诺贝尔文学奖获得者莫言，其成功之处，即将虚幻与现实结合起来，创造了一个地方：“高密东北乡”。正如福克纳，创造了一个地方叫约克纳帕塔法县，莫言意识到，我有自己的约克纳帕塔法，就是高密。高密就像一口深井，可以挖掘到数不清的记忆、梦思、幻想、故事、想象与寓言，也可以在地图上指出来。

人文主义地理学认为："地方"不仅是生命的地图，不仅是情感、记忆与想象的载体，而且可以做为一种观念、概念，以及在世存有方式。[①]能不能有一种以"地方"为主体的观察角度，从专门集中的文献中去探索：长期积淀内在于地方的审美经验；人与地方的情感联系的多种方式；地方如何成为一种观照与认识人的角度，一座山、一条水、一架桥、一处寺、一只亭子，一处钓台，一个园林……，都散发着思想的声音，表达着记忆的生命，诉求着感性的认同，如何成为散发着特殊生命气息的一个完整的世界……，然后，从中发展出一套新的文学论述。

五

这本书由五篇论文组成。共同聚集有关"江南文化诗学"的重要论述。

《江南再发现：中国历史与文学上的江南认同》，虚实结合，文学与历史融为一体，以长论文的篇幅探讨"江南"为什么不止是一个地名，而更是一个"文化意象"，其中包含着文化与美学的论述，成为一种想象的精神共同体，探讨其来龙去脉、史文蜕嬗，以及内在的诸多意蕴。"江南"作为一种文化诗学，因其历史与文学的内涵深厚，释放出思想与观念的能量，表达着一种关于美好的生活与意义的主张。

《水乡的诗学：中国文学与艺术上有关水乡的审美经验》，首次将水乡作为一种华夏诗学概念来研究。探讨其艺文通性、美

① 蒂姆·克雷斯韦尔（Tim Cresswell）：《地方：记忆、想象与认同》，王志弘等译，台北秀威出版社 2009 年版，第 35 页。

感经验、诗性秘奥、经典谱系以及传播影响，发现“水乡为区分南北中国的关键”、“北国的江南化，重要特征即水乡化”、“水乡之美，具有无言而殊胜的抒情特质”、“农业人生的自然真朴”、“风致之美”、“阴柔之道”、“文化仿写”、“城乡共体”等美感经验。其中极富于古典中国美的核心价值，也是现代中国已经渐渐消失了的童年集体记忆，值得永久珍视。

《从严子陵到黄公望：富春江的文化意象与富春山居图》一文，正是上述江南诗学、融艺术、诗文、哲学、地理为一炉的冒险旅行。历来对中国古代美术作品的研究与诠释，几乎完全是美术文献学、艺术史与文物收藏界的专门任务，诗学研究的视角向来付之阙如。研究者们的用心所在，无非是真伪的考订、题跋的释读、流传的故事、影响的史实，以及笔法、技术、渊源、风格等。因而对于黄公望《富春山居图》此一杰构之创作由来与艺术成就，其诠释主流，完全是从师法董源、观察自然，或从他的《写山水诀》等艺术史创建新士人画命题着眼。2011 年我到台湾客座，第二天即看了故宫山水合璧的特展，观读之后，心中即起一大疑团，黄公望《富春山居图》，莫非是完全孤立于富春江文化传统之外、横空出世的现象？不能说有什么微言大义，然而此一杰构完全没有思想、没有诗性，只是笔法与布置、皴法与墨色，渊源与流派，那又是何等的令人难以置信！因此，我试用文化诗学与诠释学的方法，尝试将此图放在一个更大的概念，即“富春江文化意象”之中，将其视为富春江文化意象全幅生命史中一个环节，以大观小，视界融合。本文的真正主旨，并不在于坚执地求得此图的创作真意，而在于虚实离合之间，经典的文化意象因意义的诠释而发光，而重新成为今天中国意义世界的一部分。

《南窗寄傲图》题咏，是流寓于沪的文人群体，辛亥年之后约十年间，先后同题唱和之作。为什么要借图言志？参加此一题咏的诗人，精神困境如何？情感心理如何？《海滨流人的招魂文学——〈南窗寄傲图〉题咏释证》试图探讨这些问题，同时提示大家注意此种古典文雅的艺文欣赏与交流方式，背后隐含着"江南诗学"一项可贵的成就，即以学术、艺才、诗心相互感发，以图文相结纳、以诗性相凝聚、安顿斯文骨肉。中国人没有宗教，然此种典雅人文主义，实为"不朽"的追寻之一；此种生命安顿的方式，实为江南诗学对古典中国人文传统的重要贡献。

《"偶像破坏时期"的江南意象——哈佛燕京所见近代日本江南纪游诗四种述略》一文，以汉字文化圈内日本汉诗中的江南意象为关注对象。日本与江南的关系颇深。《晋书》里就记载当时到江南的日本人，自称为吴太伯的后人。江南自古纺织业发达，技术与衣冠人才，远播东瀛。更早的时期、更多的文物，甚至稻作技术，都有证据表明了古代日本与中国江南深厚的渊源关系。唐宋明清，日本是汉字文化圈最好的学生，江南不止是"意象"，更是汉字文化圈的中心，发生了深刻的文明驱动力。然而在日本近代脱亚入欧的社会转型进程中，"江南"渐渐变成一个残破、衰老、混合着昔日荣光的怀旧、落后保守传统与文明新机的文化意象，这在近代日本的汉文学书写中，心态尤为复杂奇诡。从当时日本知识人的江南书写中，可以观察"想象的中国"转变而为"风景江南"或"意象江南"的虚实嬗变，由此反观近代江南美感经验在近代转型中的丰富面相，由此，江南诗学不仅是一个静态的概念，更是一个由于历史不断诠释而产生不同意义的对象，这无疑从空间上加大了此一项诗学的更宽论域与更深义涵，需要更多的篇幅去展开了。

最后是我主编的《历代女性诗词鉴赏辞典》的序。编这部大辞典的美学意义，正是“采撷那天地间灵秀之气”。我与彭国忠教授多年合作主编了多卷本的《江南女性别集丛刊》，江南女性确乎曾经在明清文坛创造了属于她们自己的辉煌。胡文楷《历代妇女著作考》著录清代女性达 3 660 余人，而曼素恩据胡著统计的数据显示，“长江下游”的清代女作家有 2 258 人，占清代女作家总数的 70.9%。因而，中国古代女性书写，几乎可以等同于江南女性书写；因而，江南诗学的重要内涵，无疑包含着江南女性生命故事的表述。在这篇序中，论述了女性诗学的“生命真切诚挚之情”、“人性婉约幽眇之美”、“韵致空灵馨逸之妙”，也提到了女性诗学的凌空蹈虚的一面，即透过女性书写与女性命运，生发出有关历史、政治、哲学与国族文化命运之思。江南诗学因女性书写的内容而更具有丰富深细之思，也因女性书写内容之象征维度，而具有一份浪漫高华之美。

上列各文，从历史与文学的认同谱系、中原与江南的相互融合影响、丰富而多样的审美经验、儒道合一的精神核心价值、回应生命困境与时代危机的安顿方式、女性书写以及汉字文化圈的影响等，构成“江南文化诗学”的主要内涵，成为富于中国智慧的活的理论，并将继续与生活现实发生联系，不断发展出新的论述，成为富有意义的生生不息的传统。

这里有的论文写作时间长达十年，除了已经提到或注明的参考成果之外，感谢同事彭国忠教授、邓小军教授，参与讨论的学生朱兴和、曾庆雨、刘顺、项念东、刘炜、孙虎、杨剑辉、陈磊、殷学国、唐一方、时润民、任聪颖、虞海娜、王慧、饶莎莎、时靖、王陆正、梁慧敏等，一并感谢。感谢潘洪萱先生允许使用江南古桥的数幅摄影作品为本书插图。感谢责任编辑孙莺、曹勇庆老师的用心编辑与精审校读。尤其是《江南认同》、《富春江》两文，曾在新加坡国立大学中文系、台湾大学中文系、中央大学中文系、成功大学中文系、逢甲大学中文系、东华大学中文系、中正大学中文系、暨南国际大学中文系作系列演讲，王力坚老师、曹淑娟老师、汪诗佩老师，贡献宝贵意见。深心铭谢，恕不一一。

作　者

2013 年 3 月 2 日改订

目　录

江南再发现：

中国历史与文学上的江南认同

小　引

如所周知，关于南北问题，中国史学界与中国文学学界已经形成了可观的研究成果与常识化的知识系统。仅就魏晋南北朝史的研究而论，论述焦点在于：一是南北相争的史实；二是南北融合的史实；三是南风北渐，即南朝文学优势影响论。[1]但是在笔者看来，一个遗憾是由于南北文化交流而融合的大论述，忽略了一条历史的暗线，即中国历史与文学上明确存在着一个“江南认同”，[2]即江南意识自觉、江南地方情感突出、江南文化影响力（即

---

① 古代中国最早最正式的南北论述是初唐史家的南北观。即《隋书文学传序》所标举的“江左宫商发越”与“河朔词义贞刚”论。现代研究成果极夥。其中最重要的专著有：曹道衡：《南朝文学与北朝文学研究》，江苏古籍出版社1998年版；饶宗颐：《中国历史上的正统论》，远东出版社1997年版；王永平：《中古士人迁移与文化交流》，社会科学文献出版社2005年版，以及王文进：《南朝山水与长城想象》，台北里仁书局2008年版等。最重要的论文是：刘师培：《南北文学不同论》，朱维铮编：《刘师培辛亥前文选》，生活·读书·新知三联书店1998年版；唐长孺：《读抱朴子推论南北学风的异同》，胡晓明、傅杰主编：《释中国》，上海文艺出版社1998年版；牟润孙：《唐初南北学人论学之异趣及影响》，《注史斋丛稿》，中华书局1995年版。重要学术会议论文集有：中国历史上的分与合学术研讨会筹备委员会编：《中国历史上分与合学术研讨会论文集》，台北联合报系文化基金会，1995年。

② “文化认同”（cultural identity），是近年来运用较多的一种文化学理论。有心理学、人类学、文学理论、哲学以及民族学等不同的复杂学理背景，但主要是用来描述文化共同体成员对于自己身份的理解、识别与肯定，以及（转下页）

由文学与学术的发展进步而产生的一种超越于政治承认主义与道德合法性之上的文化心理）强势，由此而形成的文化张力。从历史上看，有时候，“江南”是传统中国隐性的文化向心力，以此凝聚华夏文化认同；有时候，“江南”又成了隐性的文化离心力，以此区别于意识形态化的北方中原规范文化。因此，论者既鲜有将人才优势即所谓“衣冠所在”（李焘语）以及文学、文风上的“由北趋南”、“俢效南文”（刘师培语）提高到文化认同的角度上来加以认识，也没有明确描述由北方中原中心的崇尚如何转化为江南崇尚的具体过程。因而，南北问题作为中国历史与社会发展的内在动力因素，仍有待深入探究。

与此相关的是关于理论话语资源的整合问题。首先，历史上“江南”存在着丰富的文化与思想资源，但缺少一个现代科学的概念来加以整合。“江南认同”正是这样的一个明确的概念。

（接上页）这种肯定带来的社会文化心理的各种结果。本文以下意义上使用此概念。（1）身份的认同不一定成为某种实有的财产，而更是某种精神的联系或象征的满足，更多地与人的情感、感觉、信仰、记忆等相关联。（2）回答“我们是谁”。不同民族的人们常以对他们来说最有意义的事物来回答“我们是谁”，即用“地域、祖先、宗教、语言、历史、价值、习俗和体制来界定自己”。（3）“文化认同”既是共同体对最有意义的事物的肯定性体认，也是个人对外部对象的接受；大到凝聚这个民族共同体的精神纽带与精神基础、故乡的归依、信仰的守护，小到饮食服饰的喜好、生活习惯的选择和日常体验的前定因缘等。（4）文化认同引导着人们忠于传统从而保存文化，终将其化而为传统核心的价值观，因此文化认同不仅是社会整合的心理资源，而且也是文化汇聚的宝贵财富。参见Nicholas Bunnin and Jiyuan Yu, *The Blackwell Dictionary of Western Philosophy*, First published 2004, by Blackwell Publishing Ltd.；塞缪尔·亨廷顿：《文明的冲突与世界秩序的重建》，新华出版社2003年版；黄俊杰：《论东亚儒家经典诠释传统中的两种张力》，载《台大历史学报》第28期，2001年12月。因此，“江南认同”不仅涉及对历代对“江南”的讨论、评价、感受、记忆，而且包含历代江南最有文化表现力的意象、思想、事件、人物，后者更多往往是文学艺术作品。

它将长期的历史过程中所积贮丰富的思想内涵，提升而为话语。“江南”所指涉的空间，与其说是具体的地理空间，不妨说是由具有历史与地理的特殊性的特定人物、事件、论述、象征、记忆、想象与幻想，彼此交互作用而造成的。借用一个现成的说法，是一个想象的精神地域共同性（imagined locality community），是一种超越经验与理性、融化概念与史识、打通大叙事与小细节的话语。①在全球化的时代，“江南认同”对于我们重新连接土地、乡亲、历史、意义与生命，无疑具有现实的功用，然而，仅从学术求真的层面，我们对于其中的江南经验、江南隐喻、江南意象、江南论述，以及域外江南想象与记忆等，研究仍然不够。本文试图以此梳理有关知识系统，不仅描述其背景、内容、过程与影响，不仅汇集域外相关之记载，释发其深意，更再认文化认同之大义，弥补前修之所未明。是为引言。

---

① 其次，江南地区的吴越文化相互竞争、互不买帐的现象，客观上也突出了“江南认同”的正当性。古代即有吴越异质、吴越相争的思想与史实。直到当代，仍然如此。笔者的《文化江南札记》出版后，曾接到江苏文化老人写来的信，痛斥勾践如何忘恩负义，越人如何小人，于今为烈。而笔者在浙江某地图书馆讲演，有主事者嘱笔者切切不可宣传苏州是明清江南文化中心的观点。至于说南京因为不属于吴方言区，长期以来并不被承认为吴文化，甚至江南文化。凡此种种，表明：在现实生活中，“江南文化”具有“吴越文化”所不可取代的重要认同功能。

上篇　江南认同的由来

一　何谓"江南认同"？

中国历史与文学的文献中可见一种特殊的共同心理嗜尚：喜好江南。长期以来，虚虚实实，或浓或淡，强化着一种超乎一般所谓地域文化的认同，即可谓"江南认同"。[①]"天上天堂，地下苏杭"与"苏常熟，天下足"的谚语，不仅颂扬至今，而且海外流传（参下文）；西风起时，"莼菜鲈鱼"的故事，也是脍炙人口。而"暮春三月，江南草长，杂花生树，群莺乱飞"，以及"三秋桂子、十里荷花"的辞章，已成为中国永远的抒情美典。寒山寺的钟声、"家在江南黄叶村"的画意，亦已远播异邦，泽及汉字文化圈。连《红楼梦》里都有一个东南方位的诗学奥秘：

> 当日地陷东南，这东南一隅有处曰姑苏，有城曰阊门者，最是红尘中一二等富贵风流之地。（第一回）

---

① 这里指的"江南"，包括：(1)江南核心区，以环太湖流域为范围，即长江以南的苏州、松江、常州、杭州、嘉兴、湖州、江宁、镇江等地，地理特色以江（长江）、河（运河）、湖（太湖）、海（东海）为特征；(2)江南扩展区，包括明（宁波）、越、睦（建德）、台、婺（金华）、衢、温、括（丽水）、宣等，经济地理上也属于江南。清代趋向于核心区。历史上的江南是变化的，学界有"大江南"、"中江南"、"小江南"之说。本文以小东南为核心，兼取中江南的材料。

案，这是写在石头上的《石头记》的第一句话，分明是有关江南的经济认同。又：

> (凤姐便叫)平儿拿出《玉匣记》着彩明来念。彩明翻了一回念道："八月二十五日，病者在东南方得遇花神。用五色纸钱四十张，向东南方四十步送之，大吉。"(第四十二回)

案，这是刘姥姥讲她的小姐儿身上干净，眼睛又净，在大观园里遇到了花神。东南既与节气上的春天有关，也与地理上的江南意识有关，盖江南水暖风轻也。

> 宝玉到了学房中，做了自己的工课，忽听得纸窗呼喇喇一派风声。代儒道："天气又发冷。"把风门推开一看，只见西北上一层层的黑云渐渐往东南扑上来。(第八十九回)

案，这是"人亡物在公子填词，蛇影杯弓颦卿绝粒"，宝二爷为死去的晴雯姐姐酌茗焚诗，而林妹妹因疑心宝玉娶亲而绝粒垂毙。西北黑云正扑往"东南"，恰是人物命运的象征。这不是随便写的，而是前后关连的：

> 只听见檐外老鸹呱呱的叫了几声，便飞向东南上去，宝玉道："不知主何吉凶。"黛玉道："人有吉凶事，不在鸟声中。"(第九十一回)

从头到尾，《红楼梦》都有一种有关东南的隐秘知识，从第一回的"地陷东南"我们知道，这里的"东南"与江南相关。江南/东南，

无疑是中国文化中一个重要的符号。它不止是一个地方或方位，而且是一种想象。它不仅包含着地方意识与地方情感，而且表征着某种更大的希望、向往、记忆，甚至隐秘的情绪。我们可以说，“江南认同”，是由历史与文学共同催生的一种超越于政治承认主义、道德合法性以及经济与宗教崇尚之上的文化心理，因而，“江南认同”也是一种文化诗学。历史上中国人对江南的赞许与向往、憧憬与记忆、肯定性的描述与评价，以及这些评论与赞许在历史上形成的话题、经典与知识传统，以及这些传统所蕴藏的社会身份感、文化意义感、究竟有什么具体的内容，连接着什么更大共同体的思想含义？在何种意义上，是一种诗学？甚至一个简单的辞语的变化：为什么不能用“吴越文化”来代替“江南文化”？都有必要加以通贯的解读。

二 一套秘传的江南意象及其内蕴

除了《红楼梦》之外，代代相承的中国文学传统中，实存有一套秘传的江南意象。请细析以下辞语：

江南春、江南客

江南好、忆江南、望江南

江南断肠句

江南黄叶村

江南可采莲

江南好风景

因为有这么多美妙的叙事、典故、诗章、名句、意象以及本事集中浓缩于“江南”一语，使其传承有自，积累深厚，完全不同于一般地名或地域文化专用名，而成为一个重要的中国精神形象符号。试分说如下。

1. 江南春色、江南春信、江南客

梅花因其报春最早，而成为中国最具江南意味的花。《花镜》上说：“古梅多著名于吴下、吴兴、西湖、会稽、四明等处，每多百年老干。”更由于陆凯的折梅寄友的故事发生在南朝的江南(荆州)：“江南无所有，聊寄一枝春。”(《赠范晔》)后来成为诗词中代代相传、约定俗成的隐语，“一枝江南春色”、“江南春信”、“江南客”，无疑都是梅花的含蓄代词；如果是咏梅，有时不出现梅花，只说“江南春”直就是说梅花。如云：

> 梅梢弄粉香犹嫩，欲寄江南春信。(欧阳修《桃源忆故人》)

赠我江南春色,一枝梅。(舒亶《虞美人·寄公度》)

佳人怨我,不寄江南春一朵。(刘辰翁《减字木兰花》)

江南春信无痕迹。(黄子行《花心动·落梅》)

梦破江南春信,渐入江梅,暗香初发。(无名氏《雨中花》)

忆梅人是江南客。(晏几道《菩萨蛮·江南未雪梅花白》)

与卿俱是江南客,剩欲尊前说故乡。(陆游《梅花》)

报与江南春信道,题诗寄处陇梅开。(徐文长《寿吴宣府》)

贻我梅边索句图,江南春思到平芜。(朱彝尊《赠周参政》)

江南与梅花,往往是二而一的关系。因而,如果要评选一个江南的“地花”,非梅花莫属。如果要评选一个最早、最浓、最美的春色春意春消息,非“江南”莫属。“江南”从空间与地域赋予了梅花具体的身份,而梅花又以春天与国色赋予了“江南”亮丽的意蕴。“与卿俱是江南客”一句,道出了江南美典的自珍。

2. 望江南

江南好,风景旧曾谙。日出江花红胜火,春来江水绿如蓝,能不忆江南。

江南忆,最忆是杭州。山寺月中寻桂子,郡亭枕上看潮头,何日更重游。

江南忆,其次忆吴宫。吴酒一杯春竹叶,吴娃双舞醉芙蓉,早晚复相逢。

(白居易《望江南三首》)

其实乐天最忆的还是最后提到的吴娃。刘禹锡《乐天忆旧游因报白君以答》:“报白君,别来已度江南春。江南春色何处好,燕子双飞故宫道。……吴娃足情言语黠,越客有酒巾冠斜。座中皆言白太守,不负风光向杯酒。酒酣擘笺飞逸韵,至今传在人人口。报白君,相思空望嵩丘云。其奈钱塘苏小小,忆君泪点石榴裙。(白君在城,近自洛归钱塘。)”那个酒酣擘笺、口耳相传的“逸韵”,正是《望江南》词。值得注意的是,《望江南》这个词牌,本来背后就藏着一个女子的故事。《乐府杂录》:“《望江南》本名《谢秋娘》,始自朱崖李德裕镇浙日,为亡妓谢秋娘所撰。本名《谢秋娘》,后改此名。” 白居易自注:“此曲亦名《谢秋娘》,每首五句。”(王灼《碧鸡漫志》卷五)有乐天的美妙之词,《望江南》更成为隐含的抒情符号,含蓄而优美地传达着男女相思的主题。[①]陈寅恪《柳如是别传》说:

> (柳如是)《戊寅草》有《梦江南》“怀人”词二十阕,卧子《诗馀》有《双调望江南》“感旧”一阕。《梦江南》即《望江南》,“怀人”亦与“感旧”同意。两人所赋之词互相关涉,自无待论。但别有可注意者,即《梦江南》及《双调望江南》两词中之“南”字,实指陈、杨二人于崇祯八年春间同居之徐氏南楼及游宴之陆氏南园而言。[②]

---

① 后世诗词家亦从男女相思之辞来使用《望江南》。如《莲坡诗话》:“周梁园司农移家白下,驻节青溪。桃叶烟波,莫愁佳丽,闲访殆遍。尝于舟中与胡元润谈秦淮盛事云:‘红儿家近古青溪,作意相寻路已迷。渡口桃花新燕语,门前杨柳旧乌啼。画船人过湘帘缓,翠幔歌轻纨扇低。明月欲随流水去,箫声只在板桥西。’读之几欲作《望江南》也。”

② 陈寅恪:《柳如是别传》(上),上海古籍出版社 1980 年版,第 255 页。

陈柳作品针线相接,情脉内注,柳如是《梦江南》:

人去也,人去凤城西。细雨湿将红袖意,新芜深与翠眉低,蝴蝶最迷离。(其一)

人何在,人在雨烟湖,篙水月明春腻滑,舵楼风满睡香多,杨柳落微波。(其十七)

陈子龙《望江南》:

思往事,花月正朦胧。玉燕风斜云鬓上,金猊香烬绣屏中。半醉倚轻红。　　何限恨,消息更悠悠。弱柳三眠春梦杳,远山一角晓眉愁。无计问东流。

二人诗词情缘,要眇深情,为古代望江南的隐秘古典,画下了一个美妙的句号。

3. 江南肠断句

更使人惊奇的是另一秘传的有关江南的古典主义相思文学——江南断肠句:

断肠犹忆江南句。(卢炳《踏莎行》)

但苦忆,江南断肠句。(史浩《青玉案·用贺方回韵》)

忆得歌翻肠断句。(杨无咎《滴滴金》)

白首题将断肠句。(刘辰翁《菩萨蛮·丁丑送春》)

断肠句,试重拈彩笔,与赋闲愁。(王沂孙《声声慢》)

断肠句、落梅愁雨。(吴文英《祝英台近·悼得趣赠宏庵》)

人生南北如歧路，惆怅方回断肠句。（吴潜《青玉案·和刘长翁右司韵》）

为什么这么多诗人追忆、想象、不断地提到“断肠句”？这当中有什么隐含的故事？最后一个例子说破了谜底，贺铸《青玉案·凌波不过横塘路》云：

凌波不过横塘路。但目送、芳尘去。锦瑟华年谁与度。月桥花院，琐窗朱户。只有春知处。　　飞云冉冉蘅皋暮。彩笔新题断肠句。若问闲情都几许。一川烟草，满城风絮。梅子黄时雨。

贺铸此词，似有本事。贺铸好友李之仪《题贺方回词》：“右贺方回词。吴女宛转有余韵，方回过而悦之，遂将委质焉。其投怀固在所先也。自方回南北垢面蓬首，不复与世故接，卒岁注望，虽传记抑扬，一意不迁者，不是过也。方回每为吾语，必怅然，恨不即致之。一日暮夜，叩门坠简，始辄异其来非时，果以是见讣，继出二阕已。尝报之曰：‘已储一升许泪，以俟佳作。’于是呻吟不绝，泪几为之堕睫。尤物不奈久，不独今日所叹，予岂木石哉？其与我同者，试一度之。”案，“一川烟草，满城风絮”的江南风景，也正是词人无限伤心之怀人心境。江南断肠句的背后，分明藏一女子，即李之仪所云“宛转有余韵”之“吴女”；而“彩笔新题”之“新”，即证明此词写于吴女去世不久。然而黄山谷“解得江南肠断句，至今唯有贺方回”（王灼《碧鸡漫志》卷二），为什么要刻意将“江南”一语，与“断肠句”一语联系起来？为什么“断肠”成为“句”，即约定的美典，诗话词话，长写不衰？仔细想一想，这里的

“断肠句”是“新题”，除了写于吴女去世不久之外的“今典”，似仍有一个“古典”，即表明，还有“旧题”，旧题的“断肠句”是什么呢？应追到唐人韦庄的《菩萨蛮》：

> 人人尽说江南好，游人只合江南老。春水碧于天，画船听雨眠。炉边人似月，皓腕凝霜雪，未老莫还乡，还乡须断肠。

这正是贺方回断肠句的母胎。为什么“还乡须断肠”？恰是因为“江南”美妙山水之中，更有“炉边人似月，皓腕凝霜雪”，不能割舍也。其次，似可再追到中唐的刘禹锡。孟棨《本事诗》“情感”云：

> 刘尚书禹锡罢和州，为主客郎中、集贤学士。李司空罢镇在京，慕刘名，尝邀至第中，厚设饮馔。酒酣，命妙妓歌以送之。刘于席上赋诗曰：“高髻云鬟宫样妆，春风一曲杜韦娘。司空见惯浑闲事，断尽江南刺史肠。”李因以妓赠之。

这里的断肠也是与“江南”相关。江南的深情而美妙的情爱故事，一化而为“炉边人月”、“皓腕霜雪”，再化而为“一川烟草、满城风絮、梅子黄时雨”，终成江南心事的点睛之处，永久地散发着中国文化最深处的芬芳气息。然而还没有完，“江南断肠句”的古典，似可再追到谢灵运，甚至屈原的美人芳草：

> 采菱调易急，江南歌不缓。楚人心昔绝，越客肠今断。

断绝虽殊念，俱为归虑款。……（谢灵运《道路忆山中》诗）

楚人即屈原，《楚辞·招魂》有“魂兮归来哀江南”；越客，即谢灵运自称。这一“肠断”，虽与屈子不同，但同为无端的、不可排遣的乡愁。我不知道，是诗人在写江南，还是江南在假手于诗人，表达它的绝美。综合上述各条，“江南断肠句”的含义如下：

（1）特指江南的美丽动人。（2）江南美丽背后恒有的佳丽及其情缘。（3）美得令人伤心、无限低徊、要眇的心事。（4）从屈原、谢灵运等中国最优秀的抒情诗人一直传承而来优美的心灵感应。黄山谷为什么说“解得江南肠断句，至今唯有贺方回”，至此方可获一较完整的答案。

4. 江南黄叶村

苏东坡的题画诗《书李世南所画秋景二首》，题的是画家李世南的《秋景平远》图：“野水参差落涨痕，疏林欹倒出霜根。扁舟一棹归何处，家在江南黄叶村。”关于这首诗，有一个故事。南宋时杭州城的庆春门内，有一个叫做听潮寺的寺庙，后来改名为归德院。为什么改名呢？因为那里靠近钱塘江，有一次宋高宗在寺庙里过夜，晚上听到潮声，就以为是金兵杀过来了，以为不祥，即赐名为“归德院”。

这里面有一个宋高宗的题诗石刻。原来高宗住在这里时也读到了苏东坡这首诗，他喜欢，就题了来赐给大臣刘汉臣，人们刻石于此。后来毁于大火。[1]宋高宗喜欢此诗，而恐惧犹如千军万马的潮声，这一细节，映现了北方骑马民族的深重威胁与江南乡土的水软风轻，在皇帝心中所引起的鲜明对比。而“江南黄叶村”的和平安宁与山明水秀，分明给了惊魂未定的皇帝一种温暖的感受。其实，那梦中惊扰了宋高宗的金主完颜亮，跟高宗也有着共同的审美趣味。他也正是垂涎艳羡于江南那“十里荷花，三秋桂子”的柔美风物，才兴起投鞭渡江之意。整个宋代，是中国进一步发现江南的时代。美丽而温暖的江南，分明为来自北中国的统治者，打开了一个新鲜而魅力无穷的世界。于是引得好多诗人画家，都向往着那扁舟一叶的宁静安适所在。所以，后来像这样的诗句：“投老江南黄叶村，菊花时节雨昏昏”，“家在江南黄叶村，归来重葺柳边门”，以及“渔舟添个溪头缆，便是江南黄叶村”，在在都有情味。“黄叶江南一棹归”，从此成为江南温暖

---

① 宋潜说友《咸淳临安志》卷八十一“寺观七”：“归德院”，“正明元年，钱氏建，有高宗皇帝御书古诗云‘野水参差落涨痕，疏林欹倒出霜根。扁舟一棹向何处，家在江南黄叶村’，以赐殿司统制刘汉臣，后刻之石，立东庑。”明田汝成《西湖游览志》卷十八：“潮鸣寺”，“在庆春门北，旧在门外，梁贞明元年建，初名归德院。高宗南渡驻跸寺中，闻江涛声，以为金兵追至也，骇之，已而问知其故，遂赐今名。寺北有回龙桥，高宗尝作诗赐统制刘汉臣，勒石寺中，其诗云云。洪武二十四年，立为丛林。”

人生的经典意象。[①]

5. 江南可采莲

汉乐府古题《江南》："江南可采莲，莲叶何田田。鱼戏莲叶间，鱼戏莲叶东，鱼戏莲叶西，鱼戏莲叶南，鱼戏莲叶北。"闻一多《说鱼》认为"鱼戏"与男女性隐语有关系。《乐府解题》曰："江南古辞，盖美芳晨丽景，嬉游得时。若梁简文'桂楫晚应旋'，唯歌游戏也。"按梁武帝作《江南弄》以代西曲，有《采莲》、《采菱》，盖出于此。后来的《江南曲》，几乎与鱼戏、采莲有关，都隐含男女情事。如梁简文帝的《江南思》(二首)：

桂楫晚应旋，历岸扣轻舷。紫荷擎钓鲤，银筐插短莲。人归浦口暗，那得久回船。

江南有妙妓，时则应璿枢。月晕芦灰缺，秋还悬炭枯。含丹和九转，芳树荫三株。何辞天后诮，终是到仙都。

沈约的《江南曲》：

棹歌发江潭，采莲渡湘南。宜须闲隐处，舟浦予自谙。罗衣织成带，堕马碧玉簪。但令舟楫渡，宁计路嵚嵚。

宋之问、丁仙芝、刘慎虚、于鹄、李益、李贺、李商隐、韩偓、温庭

---

① 清厉鹗等《南宋杂事诗》卷五："江南黄叶乱秋空，偶感宸书野寺中。遗稿不胜三致意，无边风月系文忠。""文忠"即苏轼。今人更有考订，曹雪芹晚年移居西山黄叶村(即今天北京植物园内)。他的朋友敦诚在《寄怀曹雪芹》诗中曰："残杯冷炙有德色，不如着书黄叶村。" 1971 年在香山地区正白旗发现的一座带有几组题碑诗的老式民居被部分专家认为是曹雪芹著书之所"黄叶村"，后以此为基础建成了曹雪芹纪念馆。

筠、罗隐、张籍等的《江南曲》，背后都有男女情事。陆龟蒙的《江南曲》后两首是：

> 鱼戏莲叶南，欹危午烟叠。光摇越鸟巢，影乱吴娃楫。
> 鱼戏莲叶北，澄阳动微涟。回看帝子渚，稍背鄂君船。

一直到现代，朱自清的《荷塘月色》，隐秘而含蓄的男女之思，依然是一个抒情传统。

6. 江南好风景

《明皇杂录》：

> 唐开元中，乐工李龟年、彭年、鹤年兄弟三人皆有才学盛名。彭年善舞，鹤年、龟年能歌，尤妙制《渭川》。特承顾遇，于东都大起第宅，僭侈之制，逾于公侯。宅在东都通远里，中堂制度，甲于都下。(今裴晋公移于定鼎门南别墅，号绿野堂。)其后龟年流落江南，每遇良辰胜赏，为人歌数阕。座中闻之，莫不掩泣罢酒。则杜甫尝赠诗，所谓"岐王宅里寻常见，崔九堂前几度闻。正是江南好风景，落花时节又逢君"。

杜甫的名篇《江南逢李龟年》写于大历五年(770)春天，是老杜在人间的最后一个春天。"江南"指潭州(今湖南长沙)。虽然安史乱平，然大唐帝国完全没有恢复元气，岐王宅与崔九堂的华章大乐依稀在耳，而乾坤含疮痍，盛唐气象一去不复返，所谓"良辰美景、姹紫嫣红，都付与断垣残壁"。越是江南风景的美好，越是增加人生长恨的不可已的悲情。从此，"江南好风景"成为一个表达江南美景的习见的常语，只是人们已经忘了老杜的悲伤。只有晚明清初的钱谦益，还记得用“江南好风景”这个故事来表达亡国之痛：

> 金尊檀板落花天，乐府新翻红豆篇。取次江南好风景，莫教肠断李龟年。(《村庄红豆花诗》)

河东君柳如是以红豆来为钱牧斋祝寿，大家写作了咏红豆的诗篇，钱牧斋更写了读后感。红豆，在这里象征着反清复明的心事。“新翻红豆篇”，即暗示对明朝的思念，要化而为新的、积极的行动。“莫教肠断李龟年”，是反用杜甫的旧典。[①]

综上所述，中国文学悠久的传统中，从汉代到清、近代，一直隐隐相传着十分重要的江南意象。爱，持久、含蓄要眇而入骨的相思，以及永续的乡愁，是江南不变的芬芳迷魅。男女之思，友朋之念，以及越到后来，以男女、友朋寄托家国君臣之思，相互重叠着、涵化着，渐成江南意象的深层含义。所以，苏东坡诗句“犹做江南未归客”(《寄蔡子华》)、“醉中不觉到江南”(《过岭寄子由》)、“更容残梦到江南”(《为关子容作》)，姜夔词句“昭君不惯胡沙远，但暗忆，江南江北”(《疏影》)，以及吴梅村诗句“世间何物是江南?”(《偶成》)，才有了厚重的文化内涵。因此，江南意象是江南认同的一个重要的部分。作为江南认同的江南意象，含蓄而动人地揭示了江南认同的底蕴——家国之爱。因而，中国文学对于“江南精神共同体”的传承，具有决定性的贡献。“江

① 更详细的讨论，参见邓小军：《红豆诗史》，《诗史发微》，中华书局 2005 年版。

南"为什么具有厚重的情感内涵?为什么能够成为形塑士人想象的强大话语资源?换言之,为什么南宋被蒙元人所灭、南明为满洲人所灭,天下忠义之士多出于江南,忠义守节之士之多,超迈前代?为什么江南是中国保种爱族的观念最为旺盛之地?①为什么辛亥革命的种子植根于明清时代的江南?除了家国大义、种族存亡之观念,江南认同还有什么具体的内容,江南认同的深厚历史内涵如何形成的?似可再从史学的角度,尝试论之。

三 孕于中原:江南认同之缘起

中国最早的地域认同是中原认同。从西周时代即已经有中原中心的意识。《尚书·梓材》:"皇天既付中国民,越厥疆土于先王。"中国即中原,这是最早的中原意识自觉。作为政治认同的中国中土概念,更是与四裔的概念相对而言的。《说文》:"夏,中国之人也。"段注:"以别于北方狄、东北貉、南方蛮闽、西方羌、西南焦侥、东方夷也。"可见中原意识即华夏意识。由政治认同再进一步,即为文化认同。《左传·定公十年》:"裔不谋夏,夷不乱华。"孔疏:"中国有礼仪之大,故称夏;有服章之美,故谓之华。"诗经学中的雅音,即华夏中原之正声,即最早的中原意识表现之一。秦汉一统天下,更加强了中原意识。整个汉代,不仅是以中原为代表的北方文化优势主导的时代,而且由于大汉帝国的空前强大,高

① 日本学者桑原骘藏亦说:"《宋遗民录》和《明遗民录》可以说是足以为南方人吐气扬眉的著述。由于南方人怀有强烈的攘夷保种思想,每逢要驱逐征服中国的塞外种族,火种必然由南方燃起。元末起义、清末革命,全都在南方爆发,在南方成功。"(《历史上所见的南北中国》,《日本学者研究中国史论著选译》第一卷,中华书局1992年版)

度形塑了中国人的中原正统意识。这时还几乎谈不上什么江南文化与江南意识。[1]一直到三国时代，江东孙吴，三分天下有其一，江南地域才正式登上了历史的舞台。无怪乎魏文帝临江长叹天限之不可越。[2]到了东晋，政治中心南移，士人大批南渡，政治合法性的权威在江南地域渐趋稳固，如王猛告诫苻坚：

> 晋虽僻陋吴越，乃正朔相承，……臣没之后，愿不以晋为图。(《晋书》卷一百十四《王猛载记》)

以及苻融劝诫苻坚：

> 江东虽不绝如綖，然天之所相，终不可灭。(《晋书》卷一百十四《苻融载记》)

但彼时江南心灵是崇尚北方中原文化的，几乎完全没有自己文化的自觉。陈寅恪认为当时北朝汉人有"认庙不认神"的正统观念：

> 洛阳为东汉、魏、晋故都，北朝汉人有认庙不认神的观念，谁能定鼎嵩洛，谁便是文化正统的所在。正统论中有这样一种说法，谁能得到中原的地方，谁便是正统。[3]

---

① 楚辞中"魂兮归来兮哀江南"，江南几乎成了一个伤心之所、负面的辞语，了无文化的义涵。

② 《文选》卷十二郭璞《江赋》李善注引《吴录》："魏文帝临江叹曰：天所以隔南北也。"

③ 万绳南整理：《陈寅恪魏晋南北朝史讲演录》第十四篇，贵州人民出版社2007年版。

其实不仅北朝汉人，南朝人也如此。偏安江南的士大夫也大多以恢复中原为志，“认庙不认神”，身在南方而心在北。从南朝大量关于北伐的诗歌来看，表面上他们似乎是文化的正统，其实他们是被赶出了家园的异乡人，他们的文化与政治认同，端在中原。①

从中国历史的大趋势上来看，淝水之战不仅是历史的大关键，而且确实也是江南意识产生的一个大关键，正如雷海宗《中国文化的两周》所指出的，

> 当时胡人如果胜利，此后有否中国实为问题。因为此时汉族在南方的势力仍未根深蒂固，与后来蒙古清朝过江时的情形大不相同。不只珠江流域尚为汉族殖民的边区，连江南也没有彻底的汉化，蛮族仍有相当的势力，汉人仍然稀少。胡人若真过江，南方脆弱的汉族势力实有完全消灭的危险。南北两失，汉族将来能否复兴，很成问题。……北族内侵一次，汉族就大规模的渡江向南移殖一次。在第一周处在附属地位的江南与边疆地位的岭南，到第二周的地位日见提高，政治上成了一个重要的区域，文化上最后成了重心。

这段话点明了两个要点，一是江南文化中心与文化认同的

---

① 王文进发现：南朝士人诗歌不断出现有关先朝故都“长安”、“洛阳”、“京洛”等意象，表明他们“自居正统，生活在一种时空错置的意识中”，“足以说明南朝士人对于北方故都的思维模式，早就跳脱现实而进入一种时空之怀想，或图腾之象征。所以长安、洛阳等不仅代表着‘函渭灵区’，‘伊洛神基’、‘正朔之风’等圣域代码，也是维系南方政权正统性的主要关键”。《南朝士人的时空思维》，《南朝山水与长城想象》，台北里仁书局2008年版，第175页。

产生，实为北方政治军事压力不断侵迫的历史过程。本来，没有这个压力，也会有南北融合交流，或二元对峙，然而来自北方的力量加速、缩短了这个过程。二是东晋淝水之战大败苻坚，实为南中国争取到了极可宝贵的战略时间。犹如一颗幸运的种子，北方得以扎根，北方中原文化的南移，得以从容浸润于南方文化土壤，从而使新文化的成果生根开花。

我们从这个角度来观察江南意识的产生，那么，这个意识其实并不一定产生于江南本身，而是产生于北方中原文化南移过程，悖论的是，江南意识的产生过程，首先是南方学习北方、认同北方的过程。以葛洪所记录的东晋风气为例，《抱朴子》外篇卷二六《讥惑篇》云：

> 上国众事，所以胜江表者多，然亦有可否者。君子行礼，不求变俗，谓违本邦之他国，不改其桑梓之法也。况其在于父母之乡，亦何为当事弃旧而强更学乎？吴之善书则有皇象、刘纂、岑伯然、朱季平，皆一代之绝手，如中州有钟元常、胡孔明、张芝、索靖，各一邦之妙，并用古体，俱足周事。余谓废已习之法，更勤苦以学中国之书，尚可不须也。况于乃有转易其声音以效他语，既不能便似，良可耻可笑，所谓不得邯郸之步，而有匍匐之嗤者。此犹其小者耳，乃有遭丧者而学中国哭者，令忽然无复念之情。昔钟仪庄舄，不忘本声，古人韪之。孔子云：丧亲者，若婴儿之失母，其号岂常声之有？宁令哀有余而礼不足，哭以泄哀，妍拙何在？而乃治饰其音，非痛切之谓也。又闻贵人在大哀，或有疾病服石散，以数食宣药势，以饮酒为性命。疾患危笃，不堪风冷，帏帐茵褥，任其所安，于是凡琐小人之有财力者，了不复居

> 于丧位，常在别房，高床重褥，美食大饮，或与密客引满投空，至于沉醉。曰：“此京洛之法也！”不亦惜哉！余之乡里，先德君子，其居重难，或病在衰老，于礼唯应，缞麻在身，不成丧致毁者，皆过哀。啜粥口不经甘，时人虽不肖者，莫不企及自免，而今人乃自取如此，何其相去之辽缅乎？

葛洪所举的四件事情，书法、洛阳语、丧葬的哭法和居丧的风俗，都有建康及其附近地区流行的风俗。陈寅恪也写过一篇《东晋南朝之吴语》，证明了江南士人普遍放弃吴语，学习洛阳语，充分表明了文化较高、创造力强的北方影响着保守的南方，表明中国历史上中原认同的强大传统，并非在东晋衣冠南渡之时就改变了，因而所谓东晋南渡与江南文化认同的形成，还不是一回事。因此，所谓江南文化，实际上分为两个部分。一是北来的，并非江南所固有，乃是发源于洛阳而以侨民为代表，是被带到江南的文化，也是中原移民文化。如谢道韫祖籍河南，自其祖南迁以后到她已是谢家的第三代侨民，一生都在江南，她的作品自然归在南方文学里了，但她继承的其实是在北方就已形成的强大的家族文学传统。二是南方人向由政治中心迁来的大批北方人学习的结果，几代以后便渐渐置换成江南意识，是经过模仿、交融、选择、消化的文化习得（参唐长孺《读抱朴子推论南北学风的异同》）。这似乎可称之为江南文化之二源。两部分之间形成一种奇妙的张力：一方面是在地的、生根的、非异己的，另一方面又是有本的、深厚的、高级的；前者使文化免除了排他性，后者使文化具有了优越性。没有哪一个地域文化有如此方便善巧的因缘和合，文化认同，就是产生于这独特因缘和合。然而无论是上述哪一个部分，都表明了江南文化与中原文化深刻的联系，这正是江南文化不同于巴蜀文化、粤闽文化等的特质，[①]也是江南认同成为可能，以及江南文化特别具有生机与活力的重大动因。[②]

四　衣冠所在：江南认同之确立及其意义

文化认同与政治正统，并不是同一个概念。但倘若涉及礼乐制度，则有关政统代代相承之统绪，即政治正当性的所在，《北齐书》引高欢对梁武帝的评价，正是当时人典型的认同，即文化即政治：

> 江东复有一吴儿老翁萧衍者，专事衣冠礼乐，中原士大夫望之以为正朔所在。[③]

但倘若文化认同是衣冠文物、人文渊薮的标志，文化认同是对文化所化之人的认同。正如韩愈《原道》说，“孔子作春秋，诸侯用夷礼则夷之，进于中国则中国之”。如南宋李焘更以史论史实表

---

①　若论渊源，江南文化可追溯到河姆渡或良渚文化。若论特色，与中原文化之影响，不可分割。学界有将所谓长江文明与黄河文明对立起来的说法，是不能成立的。

②　梅新林、陈玉兰从文化世家的角度，深刻认识到这一重要特点：“江南移民世家与本土世家的文化冲突与交融激烈而持久，是促进江南人文传统形成与演变的核心动力。大者如‘永嘉之乱’、唐代‘安史之乱’、北宋末年‘靖康之乱’引发的三次大移民浪潮，大批北方世家迁居江南之地……，持续不断的移民世家迁居江南，即意味着持续不断地为江南世家带来异质文化，然后从文化冲突走向文化融合，产生新质文化形态与文化精神，这也是江南文化世家特别具有生机与活力的根本动因。”见梅新林、陈玉兰主编：《江南文化世家研究丛书总序》，中国社会科学出版社 2010 年版。

③　《北齐书》卷二四《杜弼传》引高欢语。

明，不以地理空间，而以文化所化之士族明正朔：

> 若夫东晋、宋、齐、梁、陈之君，虽居江南，中国也；五胡、元魏，虽处神州，夷狄也。……崔浩指南方为衣冠所在，历事两朝，不愿南伐。①

东晋士族南渡之后，衣冠文物渐萃于江南，因而江南认同有中国文化认同的意义。刘师培也强调了“衣冠”所在：“中原甲姓避乱南迁，冠带之民萃居江表，流风所披，文化日滋。”②因而真正江南认同的形成，是南北朝。请略分三类，举示典型的衣冠文物与文明标志如下。

1. 标志性的文化现象

北魏孝文帝从政治制度、社会风俗、学术文化等多方面的汉化改革，促进了文化繁荣、人才涌现。这是认同当时南方所代表的文明承传正统。③

庾信、王褒的文风，风靡北方。④

宇文泰的几个儿子放弃其父提倡的复古文风，转而效法庾

---

① 李焘：《六朝通鉴博议》卷一，《六朝事迹类编六朝通鉴博议》，南京出版社2007年版。

② 刘师培：《南北文学不同论》，朱维铮编：《刘师培辛亥前文选》，生活·读书·新知三联书店1998年版。

③ 尽管孝文帝是学习中原华夏文化，但其具体的文化政策，如南方人才的任用以及南方文风的提倡等，都与江南认同有关。如史载，“时孝文选尽物望，江南人士才学之徒，咸见申擢”（《南史·刘峻传》）。又如北魏文化重要人物崔浩，亦十分佩服并向南方人袁式学习：“是时，朝仪典章，悉出于浩，浩以（袁）式博于古事，每所草创，恒顾访之。”（《魏书·袁式传》）

④ “才子词人，莫不师教；王公名贵，尽为虚襟。”（宇文逌：《庾子山集序》）“犹岳陵之仰嵩岱，川流之宗溟渤。”（《周书·庾信传》）

信、王褒的文体。

隋文帝的两个儿子杨勇和杨广，是南朝文风的崇拜者。

隋炀帝即位，自觉大力提倡南朝文化。以至于甚至杖责窦威、崔祖濬这两位轻视诋毁南方人的史官。①

2. 标志性的文化成绩

唐初孔颖达主持编撰的《五经正义》，其所采的说法，大抵出于南朝学者。

唐初欧阳询主持编撰的《艺文类聚》，所收主要为南朝文人作品。

《隋书·经籍志》所著录的南北朝文学家，北朝作家仅十六家，而南朝作家入录者三百零六家，数量悬殊。

这些经典是形成江南认同的基本根据。

3. 文化新潮与批评话语

南朝建康、会稽发端的文学运动、文化新潮，如玄学、佛经翻译、山水诗、永明体、骈文等，风靡中土，主导着中唐以前中世纪数百年的思维方式、美学宗旨、文字欣趣、文人个性。从文学批评的话语权力来看，以《文选》、《文心雕龙》、《玉台新咏》为中心的新文学话语，以及其中所标榜的“文质之辩”、“文笔之争”等，才真正形成了江南文化这一耀眼的明珠，是形成江南认同的真正标志。

---

① 《隋大业拾遗》曰：大业之初，敕内史舍人窦威、起居舍人崔祖濬及龙川赞治侯伟等三十余人撰《区宇图志》一部，五百余卷，新成，奏之；又著《丹阳郡风俗》，乃见以吴人为东夷，度越礼义，及属辞比事，全失修撰之意。帝不悦，遣内史舍人柳逵宣敕，责威等云：“昔汉末三方鼎立，大吴之国，以称人物。故晋武帝云‘江东之有吴、会，犹江西之有汝、颍，衣冠人物，千载一时’。及永嘉之末，华夏衣缨，尽过江表。此乃天下之名都。自平陈之后，硕学通儒文人才子莫非彼至。尔等著其风俗，乃为东夷之人度越礼义，于尔等可乎？然于著术之体，又无次序。各赐杖一顿。”（《太平御览》卷六百二《文部》十八载）

以《文选》为例。下至乡间朴野，远至异国他邦都有深远影响。“唐国子监助教张简，河南缑氏人也，曾为乡学讲《文选》。”可见对乡间之影响。[①]至于对异国他邦之影响，先往西看，唐诗中有一篇写到一个叫康洽的西域音乐家，在京城里长年演出新诗乐府，很受“中贵”们欢迎。他能够“朝吟左氏《娇女篇》，夜诵相如《美人赋》”（李颀《送康洽入京进乐府歌》），对于《文选》中的名篇相当熟悉。也许康洽所演唱的，并不一定真的就是左思和司马相如的这两篇作品，但是以此为例，也正表明当时《文选》的影响很大。康洽是一黄髯美丈夫，康国（今乌兹别克斯坦撒马尔罕一带）人，是当时西域胡人中深于汉文化者，以丝路盛时景象看，康洽或不只是个别现象。当时吐蕃与中国通好，提出的请求援助项目中，就有“请《毛诗》、《礼记》、《文选》各一部”（《旧唐书·吐蕃列传》）；而当时的边塞游子“携书十帙”，也包含了《文选》。再往东看，据1929年出版的冈田正之《日本汉文学史》考证，公元604年以前，《文选》就已传入日本，据《天皇实录》等史书的记载，早在奈良时期至平安时期，宫廷中就常常有专门文人来给天皇和亲王们讲授《文选》；贵族常常在学完《文选》后，举行诗歌竞赛，后代保留下来的诗题，见证了《文选》在日本兴盛的往事。[②]这也从某种程度表明了包括《文选》在内的江南文化的认同广度。尽管对于异邦人来说，《文选》当然是代表中国文化，但对于中国

---

① 《朝野佥载》，《太平广记》卷四四七引。

② 参佐作保子文。又，平安时期（794—1191）的《文选》热，可见于津孤孝绰《夜航诗话》记：“吾邦中古尚《昭明文选》，当时学者专意此书，劝学院集饮，或曰：‘今日之会，不问齿叙，乃以才高下为席。’藤隆赖便直进居上头，诸人争之。隆赖曰：‘《文选》三十卷，四声切韵，有暗诵邪？’身座乃应让耳。其通《文选》为能事如是。”（池田四朗编：《日本诗话丛书》卷二，东京文会堂书店1919年版。转引自谭雯博士论文《日本诗话对中国诗话的继承与发展》，2005年，未刊。）

人而言，《文选》无疑是典型的南方趣味。[1]

据曹道衡言，章表碑志之类的文章，北朝人其实写得不错，但是他们常常舍己所长，学习南朝人的诗赋。这就是所谓文笔之分，重文轻笔。用今天的话来说，即审美性的文章胜于实用性的文章。如《南史》记载："(刘)孝绰辞藻为后进所宗，时重其文，每作一篇，朝成暮遍，好事者咸诵传写，流闻河朔，亭苑柱壁莫不题之。"[2]北朝人蜂拥

① 参曹道衡《南朝文学与北朝文学研究》："出身于北方大族赵郡李氏的李德裕，……自称家世不藏《文选》，……也是反映了他作为北朝大族对一味重南轻北的反感。"(第 17 页)

② 《南史》卷三九"刘孝绰"条，中华书局 1975 年版，第 1010 页。

而上热爱南朝文风的情景可见一斑。再譬如魏收与温子升、邢邵争胜时，断言要能作赋，才算大才子，都是对南方辞藻文采的推崇。

就在北朝文人全然失去自己北方文学的立场而偏爱南朝文学的同时，南朝文人对北朝文学却是完全不屑一顾的。“梁常侍徐陵聘于齐，时魏收文学北朝之秀，收录其文集以遗陵，令传之江左。陵还，济江而沉之。从者以问，陵曰：‘吾为魏公藏拙。’”（刘餗《隋唐嘉话》）“南人问（庾）信曰：‘北方文士何如？’信曰：‘惟有韩陵山一片石堪共语。’（时温子升作《韩陵山寺碑》）薛道衡、卢思道少解把笔，自余驴鸣犬吠，聒耳而已。”（张鷟《朝野佥载》）后一材料，今人多认为不可信。然而恰恰不是庾信本人的事，却表现了某种通性的真实，即南方文人对北方文学的轻视及南方文人的高度自我认同。

而文学批评中的文质论，除了是明确回应南朝文风绮靡的一种需求之外，换个角度来看，也是当时文化思潮潜意识中南北融合、南方认同的一种表现。“昔潘陆齐轨，不袭建安之风；颜谢同声，遂革太元之气。自汉逮晋，情赏犹自不谐；江南江北，意制本应相诡。”（邢邵《萧仁祖集序》）这一材料提示我们，文质之辨的背后其实有南北之分的影子在晃动。《隋书·文学传序》中“宫商发越”与“词义贞刚”的分立，最终追到“江左”与“河朔”的对照，也露骨地表明了“文质之辩”背后的真正内涵正是“南北之分”。[①]从唐太宗、杨炯等人的真实选择中，也可以知道其实在当

---

① “江左宫商发越，贵于清绮，河朔词义贞刚，重乎气质。若能各去其短，合其两长，则文质彬彬，尽善尽美。”王文进考证《隋书文学传序》的作者大部分是北方人，所以提出南北二元结构，其实是不真实的，只是一种对北方的虚饰。这更表明了文学批评的话语背后是地域文化的情结。（《文学史中南北文学交流论的假性结构》，氏著《南朝山水与长城想象》，台北里仁书局2008年版。）

时人的心目中,优美文学的标准还是“宫商发越”。[①]从刘师培的评论中,可以知道“文质之辨”其实正是植根于“南北之分”,而所谓“南北文体不同”[②],北方的代表,仔细看去,其实还是比较有限和牵强的,从某种程度上说,只是一种准“虚拟的典范”,和强烈、充实而真切的南方文体比较起来,北方文体的代表显得不成比例。那为什么会有一种有限的“北方文体”,来作为南方的对立呢?大概原因与唐太宗近似,既想认同南方,又不想失了北方文化与北方正统的优势。所以南方认同其实是从一种与北方文化优势的暗里博弈中渐渐成熟壮大起来的。隋炀帝、唐太宗的真实感觉其实是一样的:北方人打败了南方人,有点类似于文化低的集团从军事上战胜文化高的集团之后,后者从文化上对前者产生了一种“反征服”。[③]

---

① 杨炯《王子安集序》:“好异之徒,别为纵诞,专求怪说,争发大言,乾坤日月张其文,山河鬼神走其思。长句以增其滞,客气以广其灵,已逾江南之风,渐成河朔之制。”看得出对北方文风是不满的。又《唐诗纪事》:太宗“尝作宫体诗,使虞世南赓合。世南曰:‘圣作诚工,然体非雅正。上有所好,下必有甚也。臣恐此诗一传,天下风靡,不敢奉诏。’帝曰:‘朕试卿尔。’”这个故事中,所谓“朕试卿尔”,恐怕只不过是太宗的“托词”而已,是他被发现了有失征服者的身份之后,一种掩饰。太宗的潜意识里,大概还是常常被南朝美丽而精致的文化趣味所吸引的。

② “梁陈以降,文体日靡。惟北朝文人,舍文尚质:崔浩、高允之文,咸确硗自雄;温子升长于碑版,叙事简直,得张、蔡之遗规;卢思道长于歌词,发音刚劲,嗣建安之佚响;子才(邢邵)、伯起(魏收),亦工记事之文。岂非北方文体,固与南方文体不同哉!”(刘师培:《南北文学不同论》)

③ 清代的文质/南北相争情况更复杂。正如杨念群指出:一方面,由“文”趋“质”,是清初帝王治理之术,也是他们企图从文化思想上再征服江南士人的政治手段,另一方面,“质表文里”,也是帝王面对江南繁盛禁不住的向往欣羡之潜意识心理。见氏著《何处是江南?——清朝正统观的确立与士林精神世界的变异》,生活·读书·新知三联书店 2010 年版,第 209—215 页。

再举一个小例子，《世说新语·文学》记褚季野与孙安国语："北人学问渊综广博。"孙答曰："南人学问清通简要。"支道林闻之，曰："圣贤固忘言，自中人以还，北人看书如显处视月，南人学问如牖中窥日。"试比较初唐史家李延寿《北史·儒林传序》："南人约简，得其英华；北学深芜，穷其枝叶。"前者是平分秋色，后者是南胜于北，可见文化认同的方向已有转移。

当然，文化认同的同时，可以并行不悖地存在着强势的政治认同。江南士人一方面高度欣赏与玩味文采、文章、文才、文体等新的创意，另一方面，也不放弃内心深处的大汉情结，即对于中原故土或隐或显的深深怀想，南朝人诗歌中，极富于长安想象、京洛歌咏。①那么我们如何来解读大汉情结与江南认同之间的紧张呢？首先，江南认同是一种文化趣味，时代新潮，是对文明新意的认同；而大汉情结则是乡关之思，家国之痛，是对生命之根的认同。任何时候，历史与文学中都不可能只出现单一认同，有两种或多种认同，是正常的事情。其次，似乎可称之为江南认同的两歧性。正因为江南认同是逼出来的，江南的流人，是北方的骨血与后代，江南认同的骨子里，其实深深包含着北方中原意识的底色，一方面崇尚新潮文化，一方面不忘本土故乡，正是矛盾身份的自我正当化。何况，国身通一、大一统，是士人心灵的传统理想。②因为稽古尚文，所以要以文化的优势来满足自己；因为北归不得，所以要以文化享受来为自己疗伤。所以，江

---

① 王文进：《南朝文化与长城想象》，台北里仁书局2008年版。

② 直到南宋，仍然有普遍的恢复中原情结。陈亮以中医所说的"元气不能偏注"来解释，这是士人"国身通一"意识的自我正当化："一切置中国于度外，如元气偏注一肢，其他肢体往往萎枯而不自觉矣，则其所谓一肢者，又何恃而为久存哉？"（《上孝宗皇帝第一书》，《陈亮集》，中华书局1987年版）

南认同的心灵深处，是身在南方心在北的补偿心理，是文化正统意识的虚拟替代，或者说，与长安想象与京洛歌咏，构成了不同侧面的心理补偿（我们看南朝诗中那么多长安与京洛歌咏，其实皆是虚拟情感与想象，哪怕是打下了洛阳，他们也不会回到北方，因为在南方已经安居乐业，扎下了根，有了利益，有了安乐之享受，更有了文明的新机。看孙绰上书桓玄反对迁都，称江南为所谓“安乐之国”，即可以代表他们的真实心思）。[1]因而，江南认同虽强调突出的是文化，却必然具有文化的政治性，具有精神形态的话语权。这就使它超出了一般所谓地域文化（或所谓吴越文化）的意义。

整个江南认同的形成过程像是一场从内部发生的和平演变，在东晋末年整个南方还那么热切地学习与崇拜北方之后，在南朝诗人的作品还那么多北方想象的同时，居然就出现了邢邵偷任昉、魏收窃沈约、帝王崇尚新声、杖责史官、南方经典充分、南方文集优势及北方无文等现象。这一系列现象的背后，这两端的中间，充分表明了文化中心的南移，话语权渐渐发生重大变化，根本上正是这一套文化认同的机制在起作用的。

那么，发现这个机制的理论意义又是什么呢？

(1) 在由一种政治认同转而为一种文化认同的过程中，文学起到了很大的作用。

(2) 南北朝时期是江南认同形成的时期，在中国史上首次完成了文化话语权的转移，为中国文化增加了重大的变数。

(3) 在这个过程中，中原认同并没有消失，而是与江南认同并生共存，相反相成的。

---

① 孙绰:《上征西大将军温表》,《晋书》卷五十六。

（4）所谓“江南认同”的产生，不是一下子出现的，而是经历了北方中原认同在其中纠缠挣扎，死而后生，是北方渐渐化入南方的过程。

（5）在此过程中，一些文化现象的背后，看不见的手其实是南北认同问题。江南认同既不是某人或某时代的，也不是超人与超时代的，而是植根于历史深层精神的大结构。将“认同”作为一中心问题，或许可以超越阶层、集团、地域、时代以及单一的文化门类或思想主张，从历史生命的存在感受（历史不期然而然的合力、人的潜意识里的憧憬、记忆、嗜好、想象等，结合理性思维中的理论与主张）来深化我们对传统中国的理解。

中篇　江南认同之历史进程、域外江南认同

一　江南认同之五波

自南朝以后，江南社会的历史进程，某种程度上也可以说是城市化的进程。因而似可以简单地以五个城市为代表来划分五个不同的江南认同周期。

第一波，以建康为中心的六朝时代产生了深远的文化影响力，所谓“江南佳丽地，金陵帝王州”、“金陵百万户，六代帝王都”，①其经济繁盛与文化影响力已经与北方文化并驾齐驱，而“六朝烟水气”②新创了美在中国历史上居于文化中心的趋势。

第二波，由于运河的开凿，扬州成为帝国粮运的生命钱；由于隋炀帝的喜爱，扬州成为文化重心。到了唐代，虽倾全力以经营西北，中唐的古文复兴运动又提出“尊王攘夷”，高蹈北方中心主义，但扬州的经济和文化生活依然在全国居首，有“扬一

---

① 诗句分别来自南朝人谢朓《隋王曲》和唐人魏万《金陵酬李翰林谪仙子》。

② 所谓“六朝烟水气”，乃是指六朝至明代逐渐形成的金陵秦淮士人唯美文化。崇尚个人欣解、生活情趣与生命享乐与文学美感。此说见于《尊瓠室诗话》卷二《民国诗话》，上海辞书出版社 2004 年版。

益二”之称。[①]唐人张祜有“人生只合扬州死”[②]的感叹。直到唐末因藩镇军阀战争彻底破坏而惨痛结束了繁荣局面。

第三波，以杭州为中心的宋元时代，南方人才优势明显，南宋即有“维南多士，栉比周行，北客凋零，晓星相望”之叹。[③]政治权力南人压倒北人，有“公卿将相，大抵多江浙闽蜀之人”之说。[④]士大夫文人文化开始呈现中心趋势，向内转，细腻化，江南城市生活趋于繁盛。[⑤]“暖风熏得游人醉，直把杭州作汴州”，平实一点的意思，也正是主和的南人对杭州作为文化中心、以江南取代中原的认同。[⑥]然而蒙元入侵，杭州被破坏；明代迁都，杭州更衰落。第三波也告结束。

第四波，以苏州为中心的明清时代城市文明、工商主导、物质精致化以及雅俗结合文明成为中国文化中的大趋势，是继六

---

① 司马光：《资治通鉴》卷七五“唐纪”；洪迈《容斋随笔》卷九《唐扬州之盛》。

② 张祜：《纵游淮南》。

③ 张嵲：《祭陈去非文》，《陈与义集》，中华书局1982年版，第544页。

④ 黄宽重：《从和战到南北人：南宋时代的政治难题》，《中国历史上的分与合学术研讨会论文集》；吴松弟：《北方移民与南宋社会变迁》，台北文津出版社1994年版。

⑤ 前引李焘《六朝通鉴博议》的说法，借六朝故事，实即推崇以杭州为中心的南宋正统。杨念群：“蛮夷虽占据广阔疆域，却因其种族之劣而缺乏文化上的优势，当然不具备统治合法性。既然无法得到‘地势之正’，则须突出‘文化’的涵化统摄作用，这是南宋以来才形成的理念。”见《何处是江南？——清朝正统观的确立与士林精神世界的变异》，生活·读书·新知三联书店2010年版。

⑥ 这首诗当然是讽刺苟且偷安之统治者。然而如果转换一下思路，将统治者与被统治者的模式，换成南人与北人的模式，那么，南人多主和，北人多主战，分明是地域认同的问题。参见黄宽重：“宋金和议之后，南北对峙之局已定，江南士大夫承认南北分治的事实，借口‘自治’，企求稳定，放弃兴复故土的理想。”

朝以后江南崛起的又一高峰，是江南认同真正成熟的时代。江南经济成为全国举足轻重的中心，随着社会民生的富庶、教育的发达、文明程度的提高，江南成为国人心中的向往之地。

第五波是近现代迄今，以上海为中心，以长三角为现代国家区域规划，成为中国最具有活力、魅力以及全球城市潜力的区域。

上述五波，有一很奇妙的现象：看似北方强大、南方柔退，北方总打败南方，然而实则南方更有生命底蕴与活力，最终，近代革命之源头，全在南方。现代动力之契机，亦在南方。江南多水，水是前现代物资与人力流动最为重要的条件，江南社会因流动而聚人气，因流动而活跃趋新，因流动而多元，因流动而自由。水又最为内敛、渟蓄，以静制动。老子所谓柔弱胜刚强，江南社会历劫不毁，后来居上，是之谓乎？

二　域外江南认同

包括《马可·波罗游记》等西方人早期中国游记，实已透露江南描写成为中华重心，表明西方世界早已形成有关江南的文化意象。这里，仅选取意大利学者路易吉·布雷桑编著的《从马可·波罗到卫匡国：西方人眼里的杭州》一书中，传教士、贵族和商人所实录的游记片断为例：

> 马可·波罗（威尼斯商人，1280—1290 在中国）：第三天晚上，便到达雄伟壮丽的行在城（杭州），此名称是“天城”的意思，它表明，就其宏伟壮丽以及所提供的快乐而言，这座城是世界上任何其他城市都无法比拟的，生活其中的人们恍如置身天堂一般。（第 9—12 页）

鄂多立克(方济各会修士,1325—1326在中国):我来到了大而令人惊奇的行在城(Cunsai),——用我们的语言来说就是“天城”。它是全世界最大的城市。……这座城市的伟大和在那里发现的奇迹,整本书也写不完,因为它是世上最好、最富饶的城市。(第51、58页)

约翰·德·马黎诺里(方济各会神父,1344年在中国):其中有名的一个地方叫行在(杭州的别名),这是最好、最大、最富饶、人口最多,总之是最绝妙的城市;这是世界上最富有的城市,游玩、娱乐活动别具一格,有非常壮丽的建筑(尤其是崇拜偶像的寺庙,加起来的话,里面共有一千甚至两千名僧侣),比其他任何一个城市都令人稀奇。一些作者断言,这个城里有一万座石桥,上面刻有全副武装的王子们的雕像。对于那些没有到过行在的人来说,这些作者的话似乎令人难以置信,但他们所言非虚。(第62页)

利玛窦(耶稣会士,1598—1610在中国)似乎没有到过杭州,但他熟知该城的存在及其令人愉悦的事迹。在有关1599年2月的活动记述中,他在描述自己呆在苏州的情况时,称杭州是浙江地区的大都会,并因曾经是中国皇室之所在而闻名。他还提到“上有天堂,下有苏杭”的中国谚语。(第82页)

卫匡国(耶稣会士,1642—1650在中国):千真万确,在湖上划船荡漾而行,比世上任何其他事情都要舒适和令人愉快。……中国人称这个地方和这个城市为“乐园”、“伊甸园”,这毫不奇怪。(第122、144页)①

---

① 路易吉·布雷桑编著:《从马可·波罗到卫匡国:西方人眼里的杭州》,姚建根译,王红霞校,学林出版社2010年版。

以上值得注意的是:(1)几乎他们都用了最极端的表述,不是从中国,而是从世界范围来肯定杭州这座城市的美妙;(2)他们都听说,而且都认同了“上有天堂、下有苏杭”的谚语,表明这一有关江南意象谚语的广告效应,已经远播域外;(3)尽管除了利玛窦,他们都亲自到过杭州,但我们从叙述的文字风格可以看出,他们很受前人的游记影响。这表明,一传十,十传百,西方尤其是十六七世纪有着持续加温的杭州认同。正如布雷桑所言,“在欧洲,人们对先前作者们描述的著名行在城的兴趣在不断提高!”(第 91 页)。还有另一意大利伯爵更感性的描写:

乌戈·康图(意大利伯爵,1583 年在杭州):行在所有道路、广场和房屋,都是气味芬芳、设计精巧,以至于行走其间欣赏它们,简直就是一种令人难以想象的享受,而幸运地居住在这个城市里的人们又是何等幸福。人们全身的感官都是愉悦的:眼睛看着美丽的事物;耳朵听着鸟儿甜美的歌唱,还有水流轻快的潺潺之声,它们交织出一曲和谐悦耳的新乐章,有着眼所不能见的美妙;还有几乎无处不在的美妙芳香让人愉悦不已;再品尝一下各类可口水果、食物、饮料和其他美味的东西,简直令人完全陶醉。更多的满足还来自于优雅美丽的女子……(第 94—95 页)

此外,我们还可以从西方关于中国的地图,也看出江南核心城市在西方人心中的地位,据布雷桑的研究,

葡萄牙耶稣会士路易士·乔治·德·巴布达(Luis Jorge de Barbuda)……于 1560 年出版了西方第一张真正的

> 中国地图。这张地图标明了浙江地区的杭州，并把它绘成全中国最大的城市。不久，这张地图就收进亚伯拉罕·奥特留斯于1584年出版的地球大观，……中国的标准轮廓图维持了半个多世纪。（第78页）

近年来，域外汉籍的开发利用，更打开了一个非常重要的研究领域，即重新认识与发掘汉字文化圈的真实历史面貌，而借助于新发现的面貌，我们可以更加完整真切地了解体认中华文化史的真生命。其中，尤其是明清时代东亚社会对于江南的文化认同，也是一个新的探索成果。域外江南认同的一个结论是，它可以反过来从异邦文化的角度，帮我们证明江南认同是一个中华文化认同。

杨雨蕾透过《朝鲜文集》和《燕行录》发现：从较早的新罗崔致远（857—?），高丽李齐贤（1287—1367）、李穑（1328—1396）、郑梦周（1337—1392），直到朝鲜王朝的崔溥（1454—1504），都有相当多的江南纪行诗，他们从亲历的体验中得知"自古天下以江南为佳丽地，而江南之中又以苏杭为第一州"，充分体现了东国对江南的认知。而从更大量的写到江南的朝鲜文人作品，之所以他们知道江南，歌咏江南，是因为他们熟知一些歌咏江南的唐宋诗词，尤其是白居易、苏东坡的作品。如朴思浩说：

> 曾于东坡诸名人纪迹，夙知苏杭之景物，东国人于天下名胜，首称江南之所以然。

这典型地表明了，以文学为核心的江南认同，如何影响了汉字文化圈的知识与文明传统。另一个证据是朝鲜诗人们往往借助于唐诗中的一些现成的诗题、意象、语汇，点化本地风光，把“江南”带回家，让“江南”在地化，将中国文化的情思，落到朝鲜本土的山川风物之中。这是文学旅行，也是汉字文化圈内的文化认同。

葛兆光、杨海英和杨雨蕾都前后写过关于朝鲜使臣中的“季文兰情结”。季文兰是明清易代之际，江州某秀才的妻子，在异族侵掠的战争中，夫被戮，身遭掳，家破人亡，在途中留下一首题壁诗自述其身世。季文兰的命运，是明末清初无数江南女性悲惨命运的一个缩影。[①]上述研究文章发现，季文兰的故事虽不见于中土记载，却成为清代朝鲜使臣不断记录传唱的一个典型传奇故事，成为一种不断重复的抒情传统，生平增添了细节，地点也从江右转移到江南，而透过这一在乱世中怀念故国的女子形象，朝鲜使臣也投射他们的寄托，充分表达了他们思念明朝、认同华夏的文化情怀。[②]

下面略谈日本。根据我在哈佛燕京图书馆的初步调查，从明治至大正年间，日本近代汉诗中有关江南纪游的别集或专集，有如下几种：

1. 岗千仞（1833—1914）《观光纪游》（明治十七年，1884）有序。

2. 股野琢（1839—1921）《苇杭游记》（明治四十一年，1908）。

---

① 可参陈寅恪《柳如是别传》论黄皆令，以及拙著《文化江南札记》中《柳依依》一文，华东师范大学出版社 2007 年版。

② 杨雨蕾：《明清朝鲜文人的江南意象》，载《浙江大学学报》2010 年第 6 期；葛兆光《想象异域悲情》，《读书》2005 年第 7 期；杨海英：《朝鲜士大夫的“季文兰情结”和清初补掳妇女的命运》，载《清史论丛》2007 年号，中国广播电视出版社 2007 年版。

3. 竹添进一郎（1842—1917）《栈云峡雨诗草》，有作者介绍。

4. 永井禾原（1852—1913）《来青阁诗集》（大正二年，1913），有解题。

5. 田边为三朗（1864—1931）《碧堂绝句》（大正三年，1914），有解题。

6. 伊籐鸳城《江南游藻》（大正五年，1916）。

7. 松田敏《禹域游草》（大正九年，1920）。

8. 前田慧云《吴楚游草》（大正十一年，1922）。

9. 副岛种臣《苍海全集》（大正六年，1917），有林和靖墓、吴中、西湖、烟雨楼、申江、枫桥、苏小等多首。

10. 岩溪晋《裳川自选集》。

11. 青木正儿《江南春》。

其中除6. 7. 8.是大型丛书《日本汉诗》所收，有解题或作者简介的集子，而其中三种《日本汉诗》未收，是我新发现的江南纪游。

以永井禾原的《来青阁诗集》为例，其中收有与江南相关的两个刊本，即《西游诗稿》（1898）、《西游诗续稿》（1900），记录了诗人在苏州、上海生活期间，与江南文人的交往经历与相互唱酬，这比一般的江南游览更加深入。他所唱和的近代文人有：姚文藻、洪述祖、陈季同、董康、李伯元、姚锡光、徐钧博、文廷式、汪康年、汪锺霖、袁祖誌、易顺鼎、陶森甲、王治本、张廷彦、刘学询、蔡金台、文廷华等。这不仅是近代中日文人交流史上的盛事，而且是近代江南文化传播史上的浓重一笔。正如姚文藻序《西游诗续稿》云："我知海外吟豪，对此琼篇，不能不神往于山塘七里间也。"①

① 王宝平编：《日本典籍清人序跋》，上海辞书出版社2010年版。

汉诗之外，尚有多种用日文写成的江南游记，收入小岛晋志监修的两套大型丛书《幕末明治中国见闻录集成》和《大正中国见闻录集成》①，下面是录自这两套从书中，含有江南游记、或专门的江南游记的书目：

1. 曾根俊虎《清国漫游志》第一编《西湖之部》第一卷。

2. 纳福介次郎《上海杂记》。

3. 宇野哲人《支那文明记》。

4. 峯洁《清国上海风闻录》。

5. 后藤昌盛《在清国见闻随记》以上第十一卷。

6.《北清见闻录》第十五卷。

7. 永井禾原《观光私记》第十九卷。

8. 佐藤善治郎《南清纪行》。

9.《支那风韵记》以上。

10.《支那大陆横断蜀杂俎》。

11. 前田利定《支那游记》以上第十七卷。

12. 关和知《西邻游记》第五卷。

13. 德富猪一郎《支那漫游记》。

14. 河东碧梧桐《支那游》第七卷。

15. 诸桥辙次《游支杂笔》第九卷。

16. 东京高等商业学校《中华三千里》第十卷。

以上《幕末明治中国见闻录》。

17. 上冢司《扬子江中心游》上下，第十一、十二卷。

---

① 小岛晋治监修，安井正太郎著：《幕末明治中国见闻录集成》，东京ゆまに书房 1997 年版。小岛晋治监修，大町桂月著：《大正中国见闻录集成》，东京ゆまに书房 1999 年版。

18. 竹内逸《支那印象记》第十五卷。

19. 鹤见佑辅《偶像破坏时期的支那》第十六卷。

20. 迟冢丽水《新入蜀记》。

以上《大正中国见闻录》，两书共二十种。如果将这些资料充分加以利用，不难完整重建近代日本文人的江南认同。

三　个案：从《禹域游草》看日本近代文人的江南情结

下面透过这一个案，以探索日本近代一般知识人心中的江南，是如何寄托着他们的诗情与梦想。松田敏（1844—?）出云松江人。曾任松江鸟取法衙民刑裁判官，汉诗人。他到上海时经过松江，有诗云：

> 一望田畴麦杂桑，接天遥见菜花黄，客愁忽散缘何事，笑道松江是故乡（过松江驿书感。余生松江藩，偶以地名相同，三四故云）。

诗人感到非常亲切，有似乎回到故乡的感受。日本的松江与江南的松江有无关系，不得而知。但日本近代文人从江南看见故乡的影子，在中土完全没有异邦的感受，潜意识中这是长期形成的文化共同体的亲切感，仍是一种文化的认同。松田《禹域游草》的《自叙》云：

> 大正乙卯（1914）三月，上海亲戚高野氏寄书劝予游于禹域，余欣然理装泛海。是月十三日达上海，寓高野氏家。十六日驾轮船溯江，望焦山北固，经镇江、彭泽、浔阳、武昌、

> 赤壁、汉阳、荆州，抵宜昌。自是上流不容巨舰，乃就江舸，溯峡游三游洞，既而下江。数日而抵南京，驰马车观明故宫及谒太祖陵，遍探诸胜，夜宿蓬莱馆。明日再抵镇江，游焦山北固甘露寺金山寺，宿迎氏家。夜半搭火车游苏州，夜归上海。越月更游杭州，探西湖之胜，宿湖畔新新馆。是行为日八十有五日，行程凡五千七百浬，春夏之交，落花舞风，绿阴凝黛，杜鹃啼血，不堪俯仰今昔之感。①

可以注意的是：一、诗篇名为“禹域”，但诗人所游历地，除武昌、三峡而外，基本上以江南为中心，这多少表明了诗人心中的南方远胜于北方，更能代表中国。正如诗人在集中一首诗的诗题中毫不掩饰地说：“余漫游中所经除扬子江上流、杭州西湖、姑苏、灵岩、天平之外，概童山浊水也。”二、诗人强调了谒明太祖陵，以及更游杭州探西湖之胜，这也表明了诗人此行的心中最向往之胜地，乃文化江南之佳胜。三、后半诗人以落花时节、啼血杜鹃，表达中华文明由盛而衰之大势，正是作者在上升的日本以及脱亚入欧时代新潮之际，情感上依恋中华文明的感叹。这里的江南情结，分明凝聚了过去的梦，召唤着文化共同体的感觉，然而又是一个渐行渐远的梦。

从江南情结的角度读《禹域游草》，其特点正是所有的域外江南诗的共同特点。第一个特点，即诗人心中早有江南意象，来自经典的中国文学。如《晚搭岳阳舰过吴淞【三月十七日】》云：

---

① 松田敏：《禹域游草》，一卷，马庭义雄编辑兼出版人，东京文渊阁、琳琅阁颁行，大正九年（1920）十月。哈佛燕京图书馆藏。

吴淞春色静朝晖，一岸人家拥钓矶，曾被并刀剪将去，当年胜景已成非。（杜甫句云，焉得并州快剪刀，剪取吴淞半江水。今不见好景，盖因地变然耶）

岸上晴沙乱涨痕，无山无阜豁乾坤，水晶宫阙在何处，嫩柳疏桃鱼蟹村。（张羽句云水晶宫阙梦吴淞）

张羽为明代初年吴中诗人。吴淞水乡之美，是典型的江南美景。而水晶宫与并刀剪水，是水乡最美的意象[①]。又如：

① “并刀剪”原是形容“画如真山水”（晋索靖观顾恺之画，说，恨不带并州快剪刀来，剪松江半幅练纹归去，见《杜臆》引邵宝之说），后来变成“真山水如画”。凡形容“剪取江水”，即暗寓江水美如画。

《天门山》(巨岩双起江中成门高八九丈):中断楚江疑鬼工,危岩对峙势巃嵸。千秋不变东流水,船在青莲妙句中。

《屡食鳜鱼书感》:巨口细鳞与鲈似,平生惯见画图里。我来禹域逢春韶,桃花水涨三丈高。此鱼上钩时正及,笭箵泼剌跳入庖。脍炙浑是好下物,每饮教我醉酕醄。何料年来画中物,天许远客恣老饕。

又如写杭州的风景,云:

胜景宛如图画开,水明山紫望佳哉,林家梅又苏家柳,粉饰西湖志上来。名区锺在寸眸间,信美风烟足解颜,武穆精忠和靖节,长留正气护湖山。

《归旅馆途中》:回瞻胜境棹船归,登岸西峰已落晖,四百名区看不辨,几层塔末串烟霏。

《过临平山下,忆僧道潜诗》:车帏快受凯风来,千里桑田嫩绿堆,五月临平山下路,汀洲未见藕花开。[1]

皆能化用江南美文、名句、典掌。最有意思的是关于皇帝与秋瑾的诗:

《秋鉴湖墓》(自注:秋氏瑾,越之山阴人也。颖敏好学,

---

① 值得注意的是,临平这个地名,似与道潜诗句有着不解之缘。如前田慧云《吴楚游草》亦有《临平》云:"风蒲猎猎舞蜻蜓,想見花时红藕明。曾诵参寥好诗句,依稀光景认临平。"(三四两句一作"诵得参寥好诗句,□中摸索过临平"。)

> 悲歌慷慨，不拘细节，使酒放纵。然捐资以匡济艰危为己任，甲辰游学东京居二岁，偶有事于清国，忽然西归，丁未之岁误为人所杀，于是芝瑛女葬之于西泠桥畔，乃建碣云）：巾帼何图出伟人，淋漓慷慨胆轮囷，一朝遭祸衔冤死，名系千秋磨不磷。
>
> 《西湖绝句》：何人妙笔画成图，山媚水明天下无，翠辇不来春殿寂，雕栏半日对西湖。（乾隆离宫在孤山之顶，今仅存一栋耳）

案，第二首，时间已经是1914年，然诗人还思念皇帝；而第一首写秋瑾“误为人所杀”，连吴芝瑛都知道，这里分明是故意回避甚至回护清王朝杀害秋瑾的真相。这表明，对王朝的眷念，也是江南美的意识。风景之外，诗人还记录了他与江南人物的交往，其中有沪上名人王一亭（1867—1938）：

> 《五月中七，高野氏张宴沪上招待中外诸绅士，予亦與焉，與王氏一亭（名震）笔谈赠答见烛跋而别》：飞楼邂逅喜何堪，诗酒风流兴更酣，不用象胥传译雷，语难通处笔成谈。传觞不觉漏声移，快话更端几解颐，一见真成如有旧，订交便恨十年迟。触讳遭灾彼一时，乐夫天命复奚疑，平生只待风云会，毕竟蛟龙不在池。（一亭曾與黄兴罹党祸后免焉）当时罹祸也夷然，混迹风尘志益坚，却养心机深悟道，毫端喜写达摩禅。（一亭氏善诗画，好写达摩像）

王一亭曾资助辛亥革命和二次革命，一身兼为商界大亨、佛门高士、书画大师，对海派书画的发展，有决定性的贡献。王一亭既有艺术才华、又有近代经济头脑；既有社会责任，又懂修身养性的高人，反映了上海这座近代江南龙头城市的新气象，也可以说是江南名士成功的现代转型人物。日本诗人松田对他的一段交往，不仅生动记录了他的心态与处境，反映了江南人物的新变化，而且，通过富有成效的“笔谈”，生动记录了汉字文化圈内的文字交流奇迹：一个普通的法律专业人士，具备如此的汉文明素养。

尽管我们不能简单地得出这样的结论：凡表现过江南情结、写过赞美江南、甚至陶醉于江南人文与自然的诗篇，就是表明诗人认同江南文化，松田敏的诗，不妨说某种江南认知。但是，“文化认同”也是由外面来观察的，是群体与群体之间相互识别的标志，域外的中国文化形象中，“江南”有着独特鲜明的识别度，因而多少具有域外“江南认同”的意味。

诗人松田敏是一个普通的日本近代知识人，他的中国观，并不具有日本近代主流知识人的鲜明的代表性，诸如日本当时已经萌生的军国主义、亚细亚主义等，他并不受影响。如果说有什么时代特征的话，他的作品中流露出的轻松、乐观、和平、开放的气息，与经过了甲午战争（1894—1895）、日俄战争（1904—1905）之后，日本人心理的轻松感、宽裕感或解放感，有一定的联系。而作品中所体现较深入的江南文化认知，则与日本近代既要做西方文明的使者，又要做东方文明的代表，即所谓“东西方文明融合论”的时代思潮多少相关。而江南文化认同，则在东方文明代表意识中，潜在地发挥着小小的作用。唯其不属于主流知识人，他这一个案，对于了解“域外江南”的意义，才更真实。[①]

---

① 野村浩一：《近代日本的中国认识》，张学锋译，中央编译出版社1999年版，第8页。

下篇　略述江南认同的四义

既然是江南精神共同体，它历久而弥新，不期然而然地寄托了人们的文化想象。从文化诗学的角度来看江南认同，它包含了四项大义，即五方面的认同，文献可考，在在皆是丰富的思想与文化资源。

一　文教认同

文教认同，江南以崇尚人文、重视文教、发展文化为其特点。

以下依时代先后，解读典型文献与史事。

(1)《中庸》："宽柔以教，不报无道，南方之强也，君子居之；衽金革，死而不厌，北方之强也，而强者居之。"案，这最早表明了江南（南方）是靠文明与文化来取胜的，与北方不同，是君子之道。孔疏"宽柔以教，不报无道，南方之强也，君子居之"者，南方，谓荆阳之南，其地多阳。阳气舒散，人情宽缓和柔，假令人有无道加己，己亦不报，和柔为君子之道，故云"君子居之"。朱熹《四书集注》："南方风气柔弱，故以含忍之力胜人为强，君子之道也。……北方风气刚劲，故以果敢之力胜人为强，强者之事也。"这也是最早从地域文化来表扬南方。但蓝田吕氏与司马光都认为北方指北狄，南方指中国。所以，这只是最早的南北概念，还不是真正的江南概念。

(2) 陆机《吴趋行》:“楚妃且勿叹,齐娥且莫讴。四座并清听,听我歌吴趋。吴趋自有始,请从阊门起。阊门何峨峨,飞阁跨通波。重栾承游极,回轩启曲阿。蔼蔼庆云被,泠泠祥风过。山泽多藏育,土风清且嘉。泰伯导仁风,仲雍扬其波。穆穆延陵子,灼灼光诸华。王迹隤阳九,帝功兴四遐。大皇自富春,矫手顿世罗。邦彦应运兴,粲若春林葩。属城咸有士,吴邑最为多。八族未足侈,四姓实名家(朱张顾陆)。文德熙淳懿,武功侔山河。礼让何济济,流化自滂沱。淑美难穷纪,商榷为此歌。”(《文选》卷二十八)

案,这是第一篇明确肯定、全面系统、详略有当、有思想有见识的赞美江南文化的诗歌。武功与人文、建筑与山水、仁德与艺术、历史与人才、家族与政教都囊括其中。不是良渚玉器,而是泰伯、仲雍与延陵季子,才是江南人文初祖。值得注意的是,这是东晋衣冠南渡之前的江南,也就是说,还没有太大面积地接受北方文化影响的江南。这说明,在《隋志》云“吴俗好用剑轻死”的同时或更早,江南的文治也已经崭露头角了。

(3)《颜氏家训》是最重要的江南认同文献之一。作者自称“三为亡国之人”,因梁末战乱而入西魏,后奔齐,南返不得,留北齐、北周,至隋,召为学士,迭遭风险,惯看暴力,反而瞧不起武夫(尽管也有对南方人御“果下马”而“肤弱骨柔”的批评)。因不得南归,终生有对于南方的美好记忆。试举数条:

> 弧矢之利,以威天下,先王所以观德择贤,亦济身之急务也。江南谓世之常射,以为兵射,冠冕儒生,多不习此。别有博射,弱弓长箭,施于准的,揖让升降,以行礼焉。防御

寇难，了无所益。河北文士，率晓兵射，……虽然，要轻禽、截狡兽，不愿汝辈为之。（《杂艺》第十九）

士大夫风操，……昔在江南，目能视而见之，耳能听而闻之，蓬生麻中，不劳翰墨，汝曹生于戎马之间，视听之所不晓，故聊记录以传示子孙。（《风操》第六）

江南风俗，儿生一期，男则用弓矢纸笔，女则刀尺针缕，并加饮食之物、及珍宝服玩，置之儿前，观其发意所取，以验贪廉愚智，名之为“试儿”。（同上）

表明南北朝江南认同的核心：皆重视文教、文明的力量，所以江南是和平主义、文化征服的典型。

(4) 隋炀帝崇尚江南文化的努力，是北方对南方文化认同的有力一环。他娶兰陵萧氏之后、梁明帝萧岿之女为妻。《隋书·后妃传》称其“好学，解属文”。上有所好，下必效之，这个时期的前后，江都学士百人成书一万七千卷。钱穆《国史大纲》云：“在此时期，炀帝殆已深深呼吸到南方文学的新空气。”《隋书》卷二十二称：“设令朕与士大夫高选，亦当为天子矣。”

隋炀帝曾著文批评当时北方文士的北方中心主义。《敕责窦威崔祖睿》：“江东之有吴会，犹江西之有汝颖。衣冠人物，千载一时。及永嘉之末，华夏衣缨，尽过江表，此乃天下之名都。自陈平之后，硕学通儒，文人才子莫非彼至，尔等著其风俗，乃为东夷之人，度越礼义，于尔等可乎？”

隋炀帝三下江都，死于江都，喜爱吴音。据《隋书》卷二十二，“帝又言习吴音，其后竟终于江都”。

最值得重视的是，南北朝民族对立、政权分裂，而北方却没有形成多少自我认同（有时因南方称北方为“索虏”，也报复性地称南方为“岛夷”），而是向往着高级的文明程度，服从先进的文化标准。这就是整个南北朝知识界以隋炀帝为顶峰的南方认同的主流取向。

江南崇文最明显的证据，如所周知，明清两代江南的进士数量在全国最多，而且科试名次极为显赫，明代近四分之一的状元和清代半数以上的状元都出自江南，榜眼、探花更不在少数，三鼎甲往往为江南人所囊括。这就是江南重视文教的结果。①

崇尚人文、重视文教，是社会发展的持续动力，优良的智力资源，是保障经济成功的根脉。而重视人文教化、重视人的素质，是社会风气向上、良俗美序的保证。而以受良好教育的精英来形成社会阶层上升淘汰的自然良性机制，更是社会稳定、长治久安的法宝。这里的江南经验，至今有效；而违背江南经验的教训，至今未得到彻底反思。

二　移民认同

这是中国历史上最大规模的“用脚投票”式的地域认同。由于气候的影响和北方边患的压力，中唐以后，中国经济文化的重点愈加转移到南方。江南经济发达，生活富庶，人民安居乐业，吸引了许多外来人口。

据李伯重研究，“在气候温和时期，单季稻植区可以北进至

① 这里只以考试“首选”（即状元、榜眼、探花、传胪、会元）的人数为据。根据商衍鎏《清代科举考试述录》（生活·读书·新知三联书店 1958 年版）的《清代殿试、会试历科首选省份人数统计表》，从顺治丙戌（1646）至光绪甲辰（1904）二百多年间，江苏共出产状元等 184 人，浙江共出产状元等 137 人。两省相加的人数为 321 人，是直隶、顺天、河南三省相加的 35 人的近十倍。

黄河流域,双季稻则可至长江两岸;而寒冷时期,单季稻种植区要南退至淮河流域,双季稻则退至华南。在其他条件不变的情况下,年平均温度变化 一摄氏度,粮食每亩产量相应变化为10%;……在生产力发展水平低下的古代,农业总产量哪怕只是在一年中有10%以上的减少,就会引起大量人口的死亡”。①可见气候变化温和的长三角地区由于农作物种植季节长,产量自然高,粮食充足自然会远人来归。

台湾学者毛汉光称:“移民南方是北方人口疏散的重要方向,几次人口大迁移都是朝着这个大方向进行着。(当然也有向西北移民,但河西走廊自然资源有限、面积有限,东北地区直到清代光绪末叶才准许内地人移民。)移民不但带来人口的‘人’,也带来人才的‘人’。”②

钱穆则从人口和军事两方面来分析了江南兴盛的原因。“以元代为例:蒙古、色目群趋江南,视为乐土。《心史·大义略叙》略云:鞑人视江南如在天上,宜乎谋居江南之人,贸贸然来江南。……有些北人做官满秩了不愿回去,有时中原民大量转移迁徙江南,以至朝廷下令有司遣返。”③所以,“元代南北户口,成十与一之比。南北户之比例:11 395 909>1 435 360,南北人口之比例:51 828 651>4 558 235”,④悬殊巨大。军事上则“北方是中国史上前方一个冲激之区(因强寇大敌常在其外)。而南方则是中国史上的后方,为退遁之所。因此北方受祸常烈于南方。

---

① 《气候变化与中国历史上人口的几次大起大落》,《人口研究》1999年第三期,第107页。

② 《中国人权史生存权篇》,台湾佛光人文社会学院,2004年,第304页。

③ 《国史大纲》,第779、780页。

④ 《国史大纲》,第735页。

安史乱后，中国国力日见南移，则北方受外祸亦益烈。而且自唐以下，社会日趋平等，贵族门第以次消灭，其聪明优秀及在社会上稍有地位的，既不断因避难南迁，留者平铺散漫，无组织，无领导，对于恶政致兵祸天灾种种，无力抵抗，于是情况日坏”。[①]南北发展极度不平衡，难怪黄宗羲会在《明夷待访录》中对明王朝“舍金陵勿都”反而“都燕”的往事憾恨不已。

农业的发达也促进了工业的发展，共同造就了江南经济的绝对优势。

“天宝之后，中原释耒，辇越而衣，漕吴而食。”（吕温《吕衡州集》卷六《故太子少保赠尚书左仆射京兆韦府君神道碑》）

“当今赋出天下，江南居十九。”（韩愈《送陆歙州诗序》）

“元都于燕，去江南极远，而百司庶府之繁、卫士编民之众，无不仰给于江南。”（《元史・食货志・海运》）

“天下的租赋，江南居其十九。浙东、西，又居江南十九。而苏、松、常、嘉、湖五府，又居两浙十九。（邱濬《大学衍义补》）而苏州尤甚。”[②]

李伯重：“清代前中期江南棉、桑的种植又比明代扩大了许多，所以江南农业总产量也随之大大增加。在工业方面，在此时期内，江南的棉布产量增加了一倍以上，丝绸产量则更多（范金民认为增加了 35 倍之多），总之，清代前中期江南的商业、金融业、服务业等均比明代后期增加一倍，而这些行业创造的社会生产总值也有较大增加。”[③]

---

① 《国史大纲》，第 769 页。

② 《国史大纲》，第 781 页。

③ 《“最低生存水准”与“人口压力”质疑》，《中国社会经济史研究》1996 年第一期，第 116 页。

从这些史实及分析中，我们可以看到江南确实是整个中国经济的命脉所系，无怪乎黄宗羲称“天下之有吴会，犹富室之有仓库匮箧也”。(《明夷待访录·建都》)富足的江南成为中国人无论智愚都共同向往的“鱼米之乡”。

繁华就必然导致奢靡。如何评价明清士人对江南奢靡的批评？顾炎武最为典型，如《日知录》“南北风化之失”所云，“江南之士，轻薄奢侈，梁陈诸帝之遗风也”。以及同时代人对他的评论：“身为南人，性居北土”，“甚厌裙屐浮华之习”。[①]这明确是属于“江南反认同”。首先，有认同，就一定有反认同，任一思想与好尚，皆必有其反面，此不足为奇，不足以取消江南认同论。第二，顾氏所论，更是明代知识人对家国破亡的沉痛反思。因而“奢靡论”也应有不同含义的区分。从繁华的意义上看，也是江南认同的一个部分；从士风的角度上看，则是反江南认同的重要思想。[②]

三　审美认同

江南风景优美，风物多样而细致，适宜诗意地生活，是中国文人最向往的家园，奠立了中国文化中以美脱俗、以美化力、以美启真、以美求安的精神传统。

前引陆机赋中的“士风清且嘉”，清即文，嘉即美，关于江南

① 张穆：《清顾亭林先生年谱》，台湾商务印书馆 1969 年版。

② 这似乎可以称之为“二律悖反”。例如，江南朱买臣的故事与之具有同样的双重意蕴。一方面，历代士人以朱买臣为正面成功典型，人文精进、安贫乐道，以学问文章致身卿相；另一方面也是提醒士人不能因地位变化而成为新的势利小人。参汪春泓：《汉书朱买臣传笺注》。

的美典不可胜数。如张翰的“鲈鱼莼菜羹”和庾信的《哀江南赋》是中国文化中表达乡愁的经典。丘迟的《与陈伯之书》“暮春三月，江南草长，杂花生树，群莺乱飞。见故国之旗鼓，感平生于畴日”也是一种融和了乡情的美景，江南美好而又熟悉的春景一下子就能触动江南人陈伯之的心，遂拥众来降。晚唐诗人钱珝在他的一首七绝《春恨》里也写到此事：“负罪将军在北朝，秦淮芳草绿迢迢。高台爱妾魂销尽，始得丘迟为一招。”北朝与秦淮，对比俨然。所以明朝的张溥也感叹“池台爱妾”均是陈伯之放不下

的江南美色。

汉乐府中“江南可采莲，莲叶何田田”已是清丽水乡，柳永词中“三秋桂子、十里荷花，羌管弄晴、菱歌泛夜”的钱塘，更为仙乡乐国，无怪激起了金主投鞭之意。王安石青年时曾在江南为官十余载，后来入京出任丞相，虽然可以实现其政治理想，却终身念念不忘江南的美，多有诗篇怀忆，也盼望着重回江南。如“三十六陂春水，白头想见江南”。而苏轼“扁舟一棹归何处，家在江南黄叶村”的诗句不仅慰藉了偏安的皇帝，更引得后世无数诗人画家向往着那扁舟一叶的宁静安适所在。而元朝的杭州，繁华依旧，以关汉卿《南吕一枝花·杭州景》为证：

普天下锦绣乡，寰海内风流地。大元朝新附国，亡宋家旧华夷。水秀山奇，一到处堪游戏。这答儿忒富贵，满城中绣幕风帘，一哄地人烟凑集。

百十里街衢整齐，万余家楼阁参差，并无半答儿闲田地。松轩竹径，药圃花蹊，茶园稻陌，竹坞梅溪。一陀儿一句诗题，行一步扇面屏帏。西盐场便似一带琼瑶，吴山色千叠翡翠，兀良、望钱塘江万顷玻璃。更有清溪、绿水，画船儿来往闲游戏。浙江亭紧相对，相对着险岭高峰长怪石，堪羡堪题。

家家掩映渠流水，楼阁峥嵘出翠微。遥望西湖暮山势，看了这壁，觑了那壁，纵有丹青下不得笔。①

明朝的袁中道是一个屡屡徘徊于做官与隐居之间的矛盾人

① 《全元散曲》，中州古籍出版社 1996 年版。

物，他在北京求仕时写的《游高梁桥记》中，颇悔“舍水石花鸟之乐，而奔走烟霾沙尘之乡”，受尽了北风挟沙、“中目塞口，嚼之有声”之苦，苦忆“江南二三月，草色青青，杂花烂城野，风和日丽”的美景，竟痛骂自己是“嗜进而无耻，颠倒而无计算”的不智之人。[①]江南的诗意生活竟令人癫狂如此。

北方自然也有北方的风光，但若仔细比较一下燕山八景与西湖八景，便能发现个中不同。譬如形容水的，“太液晴波”呈现阳刚之美，而“三潭印月”则流溢阴柔之韵；形容山的，“西山晴雪”、“居庸叠翠”是远阔厚重，而“双峰插云”、“南屏晚钟”则是秀丽飘渺。其他如“蓟门飞雨”、“玉泉垂虹”满是苍凉大气，而“曲院风荷”、“断桥残雪”则曲尽精致婉约，在在表现了北方风光的宏大和南方景致的柔美。宏大可以观，但柔美更可游可居。

谈到审美认同，不能不说到历史江南女性的美丽多情有才思，是中国文化不可少的风景。

春秋时期越国勾践夫人的《乌鸢歌》是江南最早出现的一首作者姓名可考的完整女性诗歌。东晋南渡以后谢道韫、韩兰英（苏州）、沈满愿（今浙江德清县）、刘令娴（今江苏徐州）、乐昌公主（南京）的大家风范与子夜（吴地）、桃叶（南京）、苏小小（杭州）的歌妓之声相映生辉。

到了唐代，三大才女之中，薛涛属蜀地，鱼玄机在长安，李冶则是浙江湖州人，“扬一益二”与都城，恰好各占一位，或可证政治经济的中心地域与文化发达有着密切的关系。李冶在晚年入宫以前都在浙江生活，与不少男性文人有诗歌唱和，她的诗“笔

① 《三袁随笔》，四川文艺出版社 1996 年版。

力矫亢，词气清洒，落落有文士之风”，[①]达到了很高的艺术造诣。其他如杜秋娘（镇江）、刘采春（绍兴）等也丰富了江南女性文学的历史。

宋代的江南才女是以杭州为中心的，朱淑真（杭州）有《断肠集》，李清照南渡后诗词散文均有大的提升。杭州的歌妓文学在此时达到了顶峰，琴操改写秦观《满庭芳》的韵脚极妥帖令苏轼大为赞赏，他还为三位著名歌妓周韶、胡楚与龙靓出合集，并在题记中写道：“周韶落籍，同辈皆有诗送之。胡楚、龙靓二人者最善，故知杭人多慧也。”[②]“杭人多慧”，当与山水灵气所钟、城市经济发达关系密切。南宋亡国以后大批宫人被掳北上，一本《宋旧宫人赠汪水云南还词》中记录了许多南宋宫女的亡国之恨和在北地思江南的哀怨。特别是昭仪王清惠的《满江红》流传甚广，相传曾得文天祥唱和。杭州而外，尚有严蕊（天台）不可缺笔。

元代是文化的枯竭期，但由于江南已有深厚的文化传统，还是有管道升（吴兴）、郑允端（苏州）、薛兰英姊妹（苏州）的清词妙章为江南女性文学延续血脉。明清时期则迎来了江南女性文学的全盛期，诗词散文、小说戏曲，都有女性的身影；文集迭出、诗社联结，女性的文学活动和成果如繁花堆锦；闺秀与歌妓文学花开两枝，各有声色。粗粗一数，就计有朱妙端（海宁）、马守真（南京）、文俶（吴县）、陶贞怀（无锡）、梁孟昭（杭州）、李因（杭州）、沈宜修（吴江）及其叶氏三女、柳如是（嘉兴）、顾媚（南京）、董白（南

---

① 陆昶：《历朝名媛诗词》，转引自宋致新：《长江流域的女性文学》，湖北教育出版社 2004 年版，第 95 页。

② 见胡文楷：《历代妇女著作考》，上海古籍出版社 1985 年版，第 55 页；转引自宋致新：《长江流域的女性文学》，第 177 页。

京)、黄媛介(嘉兴)、王端淑(绍兴)、黄兰次(杭州)、林以宁(杭州)、徐灿(苏州)、朱柔则(杭州)、贺双卿(丹阳)、陈端生(杭州)、席佩兰(常熟)、孙云凤姊妹(杭州)、汪端(杭州)、吴藻(杭州)、程蕙英(常州)、沈善宝(杭州)等人名动江南。

江南女性的美不只是因其文才出众,还因那许多动人的爱情故事令后人追慕叹惋。从苏小小的"何处结同心"到王献之秦淮河畔接桃叶,从刘禹锡的"曾与美人桥下别,恨无消息到今朝"到陆游与唐婉绵延四十年的爱情悲歌,从乐昌公主破镜重圆的艰难到柳如是与陈子龙黯然分手、董小宛与冒辟疆生离死别,曲尽了江南女性如水一般温柔却又斩之不断的痴情。

四 自由精神的认同

江南是中国自由精神的传统所在,是对暴政和压迫最有反抗精神的地方,是中国最有骨气的地方之一。这些恰是今天中国文学与中国知识人最应该继承的思想传统。同时,自由精神、独立思想,与爱家国、爱文化、爱民族并不冲突,知识人国身通一,践身心之则与任天下之重是二而一的,本末互济,内外兼修,屈原、王国维、陈寅恪就是最典型的例子。江南所形成最强烈的民族文化忧患意识,亦是中国古典爱国主义传统最重要的源头。

日本经济史学家作田庄一说:"中国北方与南方,在气候、雨量、地质上,不但有优劣之分,且在洪水侵害与外敌蹂躏的内忧外患上,北方亦比南方受害的机会多,故北方有官权的、干涉的倾向,而南方则倾向于放任、组合、自治的方面。两部之间的抗争之势，至今不绝。”[①]要言不繁，点明了地缘作用于人的生存方式的一个特点：北方长于干涉，南方偏于自治。

南方自主自治自由的精神体现得最为彻底的无疑是在明清易代之时。扬州十日、嘉定三屠、江阴孤城困守八十日是清军遭遇到的最顽强激烈的抵抗。尤其是嘉定和江阴守城的将领都是在野官绅，出于国家大义挺身而出，老百姓也踊跃参战。江阴守将阎应元曾经怒斥降清将领刘良佐：“进不能恢复中原，退不能保障江左，有何面目见我江东忠义士民乎？”可见，江南意识是当时江南士民纷纷自发组织反抗的一大动力。

南明朝廷灭亡后，清朝统治者原本以为“吴下民风柔弱，飞檄可定，无须用兵”，却没料到一纸剃发令下，反抗四起，惊天动地。这也是江南文化与文明根深蒂固的力量所致。衣冠服饰是汉人礼仪所在，“身体发肤，受之父母，不敢毁伤，孝之始也”(《孝经》)，剃发易服不只是改朝换代，而更是文明尊严的较量。被颜之推评为“肤弱骨柔”的江南人竟也爆发出空前的坚韧与顽强。

哪怕是覆亡多年，江南人依然不屈不挠。最有气节的遗民都在江南，如顾炎武、黄宗羲、张苍水、魏白衣等等。张苍水曾三次度过闽关，四次进入长江，两次全军覆没，坚持反清复明达十九年之久，影响整个中原，成为全中国一面最久的旗帜。就连柳如是只是一介弱质女流，却以梁红玉自任，鼓励夫君钱谦益暗中支持反清复明的活动，还曾以自己的积蓄，装备了一艘战船。无怪乎陈寅恪赞她是“不世出之奇女子”。

正如不可一世的元代征服者，也被当时最能体现中国性的

---

① 《东亚研究》第十卷第一号，转引自《中国文化问题研究》第八章《中国文化史上的南北问题》，《民国丛书》第四编。

江南文化所征服一样，[①]经过多年的和平抵抗[②]与文明重建，清廷终于认识到了科举、诗、山水、朴学这一套儒家文化的重要，乾隆也成为了江南文化的俘虏。从隋炀帝、唐太宗、元世祖到清乾隆，历史是如此相似。[③]

---

① 《续资治通鉴》卷一百八十七："初，帝（元世祖）欲以（程）文海为中丞，台臣言文海南人，不可用，且年少，帝大怒曰：'汝未用南人，何以知南人不可用？自今省、部、台、院，必参用南人。'遂拜文海是职，奉诏求贤于江南。诏令旧用蒙古字，及是特命以汉字书之。帝素闻赵孟适、叶素名，密谕文海，必致此二人。文海复荐赵孟頫、余恁、万一鹗、张伯淳、胡梦魁、曾晞颜、孔洙、曾冲子、凌时中、包铸等二十余人。"颇具象征意味的是，元统治者其他各地的诏令皆用蒙古文，唯独用于江南的诏令，专以汉字为文。这正是他们不得不尊重江南的一个例子，也正是江南代表中国认同的一个典型的例子。

② 如江阴不出仕，不应举，直到乾隆给阎应元在江阴修祠，主动向江阴示好，局面才有改观。

③ 如何理解考据学这样江南学风的重大转变？杨念群《何处是江南》重新提出这一问题。结论其实是旧的，即："士林思想与行为虽有其自我运转的逻辑，但其思想在清朝严酷控制的氛围下，越来越难以自足的状态存活下去，在与清朝君王的博弈中，士林阶层越来越成为其整体政治规划的一个组成部分。"考据学风正是最为典型的表现。我这里限于篇幅，只能简单论及几点：(1)考据学风的流行确有外部环境变化所导致的外因，但不能简单视作学风的坠落，同样也是中国学术史上开一新境；(2)优秀的清初中期的考据学家如钱大昕等，绝非无思想之辈。参见牟润孙等学者的研究；(3)杨著的逻辑，缺乏对历史同情的了解。正如陈寅恪对入清士人参加科举的同情，也正如陈寅恪对四库馆臣对钱谦益的不满的批评，知识人的风骨，并不能全然用血性的反抗来衡量，这样的史观似不厚道，过于苛求前代；(4)在儒家看来，经学也是万世开太平之学。如此看来，清朝君王提倡经学，何尝又不是儒家借他们之手来做事，何尝不是中华道统之整体规划之一个组成部分；(5)关键是看江南自由精神的谱系有无自觉，有无传承下来。我们从陈寅恪身上，以及他撰写《柳如是别传》的动机，在于透过江南士女以表彰我民族自由之思想、独立之精神，即可证明江南士风的传统并没有断绝。所以，仅以一时之史实来下大判断，毕竟有刻舟求剑之蔽。杨氏此著，写同样的时间里的士林故事，却得出与陈著相反的观点，这只能表明，作者心中，现代或当代的意识形态影子，过于鲜明，因而以今视古，不能充分站在中国士人思想的立场来说话。

江南对自由的崇尚还不仅仅表现在战场上，黄宗羲的《明夷待访录》被梁启超誉为“对三千年专制政治思想作了极大胆的反抗”，“卢梭《民约论》出世前之数十年，有这等议论，不能不算人类文化之一高贵产品”，堪称是自由宣言书。而前引的江南诸多女子也不仅多才多艺，还有着对独立、自由、被尊重的不懈追求。从宋严蕊（天台）“若得山花插满头，莫问奴归处”中对自由的向往到明秦淮歌伎纷纷反抗权贵、自主择婿：董小宛历尽艰难终得从良嫁与冒辟疆；柳如是宁可不嫁陈子龙也不愿屈居妾室，宁可殉明亡死也不愿降清，更是将江南女子独立自由的精神追求推到了顶点。

从另一方面来看，江南的自由也不尽体现在反抗性上，生活方式的多元也是一种自由。如张岱的《西湖七月半》，一般文学史上认为是写雅人与俗人的，其实，正是生命形态的多样性、雅俗同乐共赏的文化，构成了江南社会的自由自在。

简短结语

中国历史文化的进程，是在文化融合的明线与地域认同的暗线相互纠结、冲突之中往前走的。第一个南北朝时期，或以空间为正朔，或以衣冠为正朔，话语权之争，反映了暗线的力量。第二个南北朝时期，即辽金与宋代，正如王夫之所说，宋自南渡之后，所争和与战耳（《宋论》），“战”即明线（统一），“和”即暗线（地域认同）。地域认同转而为城市经营、向内发展、文明进步。

一般说来，如果说中原认同的内涵多半是孔孟之道、儒家思想，那么江南认同则是学问世界、诗意与美学，是生活与习俗、文化的个性与多样性、文明的创意，但是更深层的江南认同也是儒家的，并不与北方文化对立，比如支撑明遗民坚守气节的就是传承悠久的儒家忠君思想，所以说江南认同也是美学创造与思想骨力的结合。江南认同一方面是一个不断离心的过程，表现为地域文化特色，另一方面又是一个不断向心的过程，因其本质积聚了北方中原文化要素，积聚了衣冠士人与礼乐文明，因而具有天然的向心力。

今天，江南文化研究涉及的区域，几乎已经完全可以用“东南文化”、“吴越文化”、“长江中下游”、“长三角”来代替了，但是，毕竟有一点是不可代替的，那就是历史与文学上曾经那么广泛存在的“江南认同”。我们不能发现那么悠久、那么丰富的东南认同或吴越认同（吴越本身就是互不承认的）或长三角认同。换言之，只有“江南”才能“认同”，才有那么多的知识传统、特定论述、记忆与隐喻，以及地方感的一致性。历史上中国人对江南的赞许与向往、憧憬与记忆、肯定性的描述与评价，以及这些评论与赞许在历史上形成的话题、经典与知识传统，和这些传统所蕴藏的社会身份感、文化意义感，甚至连接着更大共同体的中国文化价值的思想含义，对于什么样的生活更好、更值得追求的主张。因而，以“江南认同”为中心的研究，即将江南认同作为中国文化精神的一个重要部分，即某一种特殊的思想传统，某一种社会历史文化心理的研究。不仅要研究它是如何建构起来的，而且要看其中包含着什么样的更大的思想文化的信息，这些信息，关涉到中国自身的历史社会生命脉络，内发的现代精神，特殊的普适价值，以及扎根于本乡本土的文化自觉。

水乡的诗学：

中国文学与艺术上有关水乡的美感经验

上善若水。

——《道德经》

我本江南人，能说江南美。
家家门系船，往往阁临水。
兴来即命棹，归去辄隐几。
远浦见萦回，通川流浼弥。
春融弄骀荡，秋爽呈清泚。
微风葭菼外，明月荇藻底。
波暖散凫鹥，深渊跃鳣鲤。
枯槎鱼网挂，别浦菱歌起。
何处无此境？吴会三千里。

——王国维《昔游》之二

本文受新加坡国立大学中文系萧驰教授的启发。特此致谢。

一　缘起与界说

我们看中国历代的文学与艺术越多，越不难发现："水乡"，是江南的眼神，是江南最明亮动人的所在。春水骀荡的明媚，秋波清泚的眸子，荇藻水底的月光，蒹葭风中的伊人，从《诗经》的溱水与洧水，《楚辞》的汀洲杜若，桂棹兰枻，到乐府中的"两桨桥头渡"，唐诗里的"停船暂相问"；从画家的飘渺江湖之思，到诗家的六朝烟水气，一直到红楼梦中的大观园与潇湘馆，……几千年最好的中国文艺，都有此一幅"眼神"，盈盈水间，凝眸而视！

然而，也许是我们在其中生活太久，百姓日用而不知，反而忘记了水乡原本的好？也许，我们过于关注细节、具体，以及更个别的地方意识的自觉，反而忽略了习焉而不察的地缘之思？

的确，近年来的一个现象是，随着全球化进程的发展，文化研究中的地方意象、地方情感反而越来越凸显了。譬如，近年来江苏学者主张江苏应划分为五个不同的文化区（金陵文化区、吴文化区、维扬文化区、楚汉文化区、海洋文化区）[①]，浙江学者也有

---

① 胡阿祥、姚乐：《江苏文化分区及其影响因素述论》，《淮阴师范学院学报》（哲学社会科学版）2011 年第 3 期，第 336 页。

更为具体的地域区分(浙西、浙东、浙中)。[①]然而,"江南"是一个历史上存在的文化地域概念,传统文献中有极丰富的遗产,无论怎样强调与突出具体的地域分区,也不能替代"江南"这一传承深厚的文化意象与古已有之的地方意识自觉所蕴含的重要意义;何况,既见树木,又见森林,亦是区域文化的科学研究基本要求,越是区分为小的地域单位,越是容易忽视区域间的共同特点,因而需要回到整体,回到更大的文化共同体观照角度。

而"江南"作为文化区域,它的重要基石是自然与民俗;大家

---

① 王士性早就有浙江区域三分法,见其《广志绎》:"杭、嘉、湖平原水乡,是为泽国之民;金、衢、严、处邱陵险阻,是为山谷之民;宁、绍、台、温连山大海,是为海滨之民。三民各自为俗,泽国之民,舟楫为居,百货所聚,闾阎易于富贵,俗尚奢侈,缙绅气势大而众庶小;山谷之民,石气所钟,猛烈鸷愎,轻犯刑法,喜习俭素,然豪民颇负气,聚党与而傲缙绅;海滨之民,餐风宿水,百死一生,以有海利为生不甚穷,以不通商贩不甚富,闾阎与缙绅相安,官民得贵贱之中,俗尚居奢俭之半。"(第68页)

公认其最大的自然民俗特色，即“水乡”。无论江苏、浙江、安徽，甚至中国其他地方，只要有“水乡”特色的区域，即是“江南”。[①]因而，“水乡”可以作为我们认识与把握“江南”的一把钥匙。

然而从美学的角度，整体研究“水乡”，捕捉其背后的“眼神”，探讨其艺文通性、美感经验、诗性秘奥、经典谱系以及传播影响，似乎还不多见。尤其是，当我有一天看了《夹边沟》这样的电影，南北中国对比强烈的震撼，更增加了我要表彰水乡诗学的冲动。[②]

另一个理由是“水乡”的现代意义。现代的水乡有两个危机，一是工业化或农业化带来环境的破坏，[③]二是过度的商业化。

---

① 陈寅恪考证“横塘”，可以在苏州，也可在嘉兴，因为“吴越水乡本甚相似”(《柳如是别传》第三章)；然而江南之外，这句话容易说得太绝对。两广、福建、四川、云贵都有水乡，当然不会一看见水乡，就看见江南。但是，只要具备了一些条件，譬如，诗词、书画、棹歌的音乐、难忘的美人等，就自然会“看见”“江南”。这是因为，江南水乡，比这些地方的水乡，更有历史文化的意味，因而更蕴含有“水乡”的典型因子。

② 电影根据小说《告别夹边沟》改编，王兵导演。1957年10月到1960年底，在这个位于甘肃酒泉戈壁滩里的劳改农场里，三千多名甘肃省“右派分子”被遣送到此，接受“收容”和“管教”。严酷的阶级斗争和那场著名的大饥荒很快把这里变成人间炼狱，农场内一半以上的“右派”因饥饿而死。和“奥斯维辛”一样，这是一个地名，也是一个事件、一段历史——一段事后人们无法想象也无法承受的残酷历史。影片中不毛之地的戈壁滩里的劳改农场，没有一点绿色，没有一点水分，完全是心灵荒芜、人性灭绝时代的写照。不能不使人渴望着“水乡”的葱绿与滋润。

③ 梁鸿《中国在梁庄》：“河流污染，孩子们不能洗澡了，每到夏天，当人到河边去玩的时候，打火机一打，河里的泡沫就会着火。当你去一点一点勘探的时候，你才发现整个村庄的生态完全被破坏掉了。坑塘都被填满了，里面都是垃圾，密密麻麻的苍蝇在上面，味道也非常大。生态已经死了，完全破坏掉了。河流还可能会恢复，我们这个村庄内部的生态却已经完全不行了。非常肮脏。……我曾经想过，乡村有种内在的破败，但我没有想到这种破败是以这样的形式，这样一种让我无法接受的形式体现出来的。”

杭州西湖实至名归地成功申报了联合国世界文化遗产。这当然给西湖进一步带来巨大的商机与发展空间。但是可能同时带来某种危机，即过度的信息化商业化所导致的自然环境的破坏、精神气息的衰败，这在近年来一些江南水乡古镇的过度开发上，已经见到后果。然而商业是把双刃剑，历代治理者早有“移风易俗”的思路，但也顾及不能伤了当地的经济气脉，譬如王士性指出：

> 游观虽非朴俗，然西湖业已为游地，则细民所借为利，日不止千金，有司时禁之，固以易俗，但渔者、舟者、戏者、市者、酤者咸失其本业，反不便于此辈也。（《广志绎》卷四）

然而“水乡”这一古老而年轻的名字，何等的清新，何等的灵气！它正有着没有被现代商业文明所污染的一种质量。因而，如何在持续经济发展社会繁荣的同时，更保有一份清新朴实的美感与自然生命的真意，如何重新返回西湖等名胜原初的水乡身份以时时吸取活力而去腐生新，成为更迫切的课题，因而，“水乡”的诗学，不失为一个重要的提示。

第三，“水乡”可以作为相对独立的中华美学对象加以观照，从学术上说，似乎这样的专题研究还远远不够。为什么可以相对独立呢？关于“水乡”的诗学定义，应有如下区分：

（1）“水乡”的基本性格是耕织渔桑，必然与传统中国农业社会有关，因而不同于其他单一自然经济主导的沿河文化，如德国莱茵河沿岸的葡萄园文化、美国密西西比河沿岸的橡胶园文化，不属于典型的水乡文化。

（2）“水乡”与“水域”不同，不仅是单一的河流，而且更有多样的水文;[①]不仅是可游的地方,而且是可居的家园,是劳作的结晶与生活化的场所。“水乡”一辞,本身就是半自然、半人工的结果。水乡特有的地理名称,无不可见人工治水的历史,每一个水乡专有的名词,都是一种小型的水乡史,一部人与自然相互成全、相互塑造的微观历史。如“塘”,就是在低洼平原泽区中筑堤,以疏导水流。如“溇”、“港”,就是排泄洪水的较大人工水利渠道。[②]因而,李白诗歌:

天门中断楚江开,碧水东流至此回。两岸青山相对出,孤帆一片日边来。(《望天门山》)

帝子潇湘去不还,空余秋草洞庭间。淡扫明湖开玉镜,丹青画出是君山。(《陪族叔刑部侍郎晔及中书贾舍人至游洞庭》)

根据现代人文地理学对“地方”(Place)与“地景”(Landscape,或景观)的区别,前者是“观者必须置身其中”,“有生活特质”的;而后者“是个强烈的视觉观念,观者位居地景之外”。“我们不住在地景里,我们观看地景。”[③]李白虽然写江水风景,但不具居住与生活的意味,没有人的劳作与交往的特点,因而至少不属于典

---

① 以苏州为例,仅与水有关的地名,除了江、河、溪、湖之外,还有荡、塘、漾、浜、潭、兜、浦、港、泾等,“境内湖荡星罗棋布,河港纵横交错,计有湖荡323个,大小河港2万余条”,见江洪、朱子南、叶万忠、唐文主编:《苏州词典》,苏州大学出版社1999年版。

② 周晴:《唐宋时期太湖南岸平原区农田水利格局的形成》,《中国历史地理论丛》2010年第4期,第49页。

③ 蒂姆·克雷斯韦尔(Tim Gresswell):《地方:记忆、想象与认同》,徐苔玲、王弘志译,台北群学出版公司2006年版,第20页。

型的“水乡”作品。郦道元《水经注》有一段，恰好描述了江南地势如何从山水深幽之境，转而为水乡风物之美：

> 北则虖山与嵊山接，二山虽曰异县，而峰岭相连，其间倾涧怀烟，泉溪引雾，吹畦风馨，触岫延赏。是以王元琳谓之神明境，事备谢康乐《山居记》。浦阳江自虖山东北，径太康湖，车骑将军谢玄田居所在。右滨长江，左傍连山，平陵修通，澄湖远镜。于江曲起楼，楼侧悉是桐梓，森耸可爱，居民号为桐亭楼，楼两面临江，尽升眺之趣。芦人渔子，泛滥满焉。湖中筑路，东出趋山，路甚平直，山中有三精舍，高甍凌虚，垂檐带空，俯眺平林，烟杳在下，水陆宁晏，足为避地之乡矣。……浦西通山阴浦而达于江。江广百丈，狭处二百步，高山带江，重荫被水，江阅渔商，川交樵隐，故桂棹兰栧，望景争途。（《水经注》卷四十“渐水”）

从“倾涧怀烟，泉溪引雾，吹畦风馨，触岫延赏”，到“江阅渔商，川交樵隐，故桂棹兰栧兰，望景争途”，从“神明境”到“桐亭楼”、“避地乡”，分明已经进入生活与劳作的“水乡”。郦道元准确而精彩的对比写照，历历如绘，不仅得力于他的实地亲验，而且得力于他美妙的感受力与文学表达。

(3)“水乡”与“水岸”不同。不是纯粹的城市文明，而是以农桑、渔樵文明为主体、或某种城乡文明的结合。譬如太平洋边的沿海城市、五大湖畔的芝加哥，长江大口岸的城市码头，不属于“水乡”。

近年来，我游历过的世界上其他地方的“水岸”文明，更多是大城市的水岸文化，譬如巴黎的塞纳—马恩省河、尼斯的蓝色海岸、意大利的地中海沿岸、波士顿的大西洋海湾、温哥华的太平洋海湾、汉堡的河汉湖畔，都是纯粹的城市工商文明、旅游休闲文明，甚至原生态自然文明，经过比较，我得出的结论是，它们皆与“水乡”文化有很大的不同。

“水乡”以农桑、渔樵文明为主体，因而具有传统社会的特征，如空间的人世化（日常劳作与生活合一化、人情化、文本化），以及发展出一种自然意象精细化、富于心灵感应特征的比兴诗学，等等。

唯其如此，我们可以探讨水乡文化的风土人情、社会特色、美感经验、艺文经典、文化精神内涵，作为中华文化传统之一种特美来研究。①

以上理由，是“水乡”可以作为相对独立的美学对象的基本根据；而传统文学诗话词话、画论题跋以及笔记小品中的吉光片羽，是“水乡”诗学的思想遗产。

---

① 水乡除了美感经验，还有抗议与歌哭，譬如水患连连，给水乡百姓带来苦难，历代文学亦有表现。如明代徐咸记沈周（石田）的名篇：“弘治中，吴下水灾，民流离万状，沈石田作《水乡孥子》十首，云：‘水乡孥子难存活，半去神堂学打吹。吹笛会时还打鼓，学如不会趁建旗。水乡孥子求鱼活，辛苦求来卖又强。今岁水乡鱼却小，空篮归去雨床床。水乡孥子无衣着，手脚皮皴要忍寒。见欠户佣三十贯，阿爷领去卖还官。水乡孥子田无麦，趁伴高乡拾穗头。烂是面条干是饼，看他人吃口涎流。水乡孥子无牛放，卖不胜钱未有年。家里闹嗔闲饭，嫂来聒骂阿哥拳。水乡孥子能辛苦，短小伶仃气力无。五亩薄田春涨里，踏车不转打咙胡。水乡孥子打敖攡，手拔茆针强塞饥。不见阿娘教吃饭，灶中无火已三时。水乡孥子瘦坚坚，赶使能行使顾钱。饥饱趁人颠倒卧，也无娘惜与爷怜。水乡孥团泥佛，俗说团泥雨即来。怕见田淹粮不难，阿公嗔打哭哀哀。水乡孥子最堪嗟，自小离乡不恋家。终日趁娘求活去，傍人门户唱蚕花。’可谓曲尽贫民情状矣。”（徐咸《徐襄阳西园杂记》卷下）这是另一个有待探讨的重要的课题，笔者将另文讨论。

二　历代有关水乡的鉴赏与批评

从历代的文献中,我们不难发现有不少文人或学者关于"水乡"节物与风土的描写与记录,其中也有不少主观的评价与鉴赏,试可从以下几个方面来总结。

1. 以"水乡"为区分南北中国的关键

北方有马,南方有舟,说到水乡,我们不要忘记传统南北中国最大的交通工具是不同的。交通工具的不同,也是生活在其中的人存在方式的不同。北方人的思维方式,因而不同于南方人的思维方式。朱国桢讲过一个真实的故事:

> 某姓造一船舫,忌者告之监司,谓水中造房,侵占,豪霸为地方害。监司北人,大怒,谓水中可造房,何事不为?绳之急。其人累诉不能白。一儒生为操状曰:"南方水乡,家

家有个船舫，即如北方旱乡，家家有个马房。”监司悟，犹解。（朱国桢《涌幢小品》卷四）

因而有“古道、西风、瘦马，与小桥、流水、人家”的区分，因而有“胡马秋风冀北”，与“杏花春雨江南”的区分；因而，南方史家陈寅恪的诗歌，离不开水乡里的“舟”意象：“送客筵前花中酒，迎春湖上柳同舟。纵回杨爱千金笑，终剩归庄万古愁”；“石城故垒英雄尽，铁锁长江日夜流。惜别渔舟迷住处，封侯闺梦负绸缪”。[①]而山东哲人牟宗三的思想，亦离不开“马”的感受：

我家里那时正开着一个骡马店，是祖父时留下来的，我父亲继续经营着。南来北往运货的骡马，在斜阳残照，牛羊下来的时候，一群一群吆喝而来。我当时十分欣赏那马蹄杂沓之声，又有气，又有势，而又受着时近黄昏的限制，行走了一天，急忙归槽求安息的苍茫意味。人困马乏，人要求安息，骡马也要求安息，那杂沓之声，那气势、那吆喝，正是困乏之中望见了休止之光所显的兴奋与喜悦，然而是急促的、忙迫的，盖急于奔归宿求安息也。人生总是在西风、古道、瘦马，总是在野店里求安息。这安息虽是一时的，也是永恒的。纵是小桥流水人家，其安息好像是永恒的，然而也是短暂的。[②]

牟宗三认为“古道西风瘦马”有一种苍凉而温暖、飘泊而安顿，厚

① 陈寅恪：《柳如是别传》第一册，上海古籍出版社1981年版，第1、7页。
② 牟宗三：《五十自述》，台北学生书局1971年版，第15页。

重持久、短暂而永恒的意味，而“小桥流水人家”则看起来温馨止泊，实则更有一种内在变化、流动不居、永远向往别处的生命意味，不失为哲人的睿感。这可以成为我们探论水乡诗学的一个起点。绘画史家说：

> 或雁度寒云，或马嘶古道，或崇山峻岭，陡开大阳，旷野平林，烟火攒簇，樵斧耕锄，隐约在目，是隐遁所居也，在北地则有之。虾房蟹舍，或采菱，或捕鱼，小舟荡漾，来往浓阴之下，柳堤花坞，尽在春光骀荡之中，水乡人家，桔槔声起，牛背笛声，两两归来，此耕田凿井余风也，在江南则有之。能画者品四时之景物，分南北之风俗，明乎物理，察乎人事。禽鸟之类，如黄鹂白鹭，晚鸦征鸿，随时点缀，生意盎然。聊举规模，会心不远，有才思者，得此参悟，可用标山水之胜概

云尔。(唐岱《绘事发微》)

这表明水乡诗学区别于北方诗学的自觉。近人顾实,将此段写入《中国文学史大纲》,认为南北文学的根本不同,也在于南方由于水的流动性,带来文学的生机勃勃、天然富于变化,不单调。

2. 北国的江南化,重要特征即水乡化

历史上,南方人在北方做官的、经商的、求学的,甚至南方人的后代,总是偏偏不忘江南,尤其是水乡的滋润与缠绵。甚至有南方生活体验的北方人也参与了这一江南记忆的写作,这构成了中国文学南方想象的一个重要谱系。唐代的范阳人卢简辞,儿时曾有水乡生活经验,有一回想起江南:

卢尚书简辞有别墅,近枕伊水,亭榭清峻。方冬与群从子侄同游,倚栏眺玩嵩洛。俄而霰雪微下,情兴益高。因话廉察金陵,常记江南烟水,每见居人以叶舟浮泛,就食菰米、鲈鱼,近来思之,如在心目。良久,忽见二人衣蓑笠,循岸而来,牵引水乡蓬艇,船头覆青幕,中有白衣人与衲僧偶坐。船后有小灶,安桐甑而炊,卯角仆烹鱼煮茗,溯流过于槛前。闻舟中吟啸方甚,卢抚掌惊叹,莫知谁氏。使人从而问之,乃曰:"白傅与僧佛光同自建春门往香山精舍。"其后每遇亲友,无不话之,以为高逸之情,莫能及矣。(康骈《剧谈录》卷下)

与其说是白居易的名气大,不如说是白居易借光了水乡风物之美。船有小灶、泛舟流中,烹鱼煮茗,是北方绝无的高逸。

宋人赵令穰(字大年),是个醉心江南水乡的著名画家,然而他却没有到过南方，完全凭着书本上的想象，写水乡烟雨之美。后代画论评说他的作品，“绝似江南风景”：

> 赵令穰风趣似松雪翁，而用笔薄弱，不耐多皴，然秀逸之气，扑人眉宇，足称逸品。尝见其《柳塘渔唱》小帧，写柳业如松针，蒲苇皆双钩夹叶，春水绿波，远山白鹭，一舟荡漾空蒙烟霭中，绝似江南暮春风景。青绿亦淡雅可爱。（钱杜《松壶画忆》卷下）

秦观与他交往，有题画诗，称之为“水云乡”，也暗示了他只是“梦入”江南。尤其是第三首，完全是江南水乡的意味。

> 少游《题大年小景四首》云：“本自江湖客，宦游何苦心。因君小平远，还我旧登临。”又云：“公子歌钟里，何曾识渺茫。唯应斗帐梦，曾入水云乡。”又云：“晓浦烟笼树，晴江水拍空。烦君添小艇，画我作渔翁。”又云：“岛外云峰晚，沙边水树明。想当挥洒就，侍女一时惊。”（赵令畤《侯鲭录》卷二）

《宣和画谱》的作者也颇有些遗憾地说：

> 宗室（赵）令穰，字大年，艺祖五世孙也。令穰生长宫邸，处富贵绮纨间，而能游心经史，戏弄翰墨，尤得意于丹青之妙。喜藏晋宋以来法书名画，每一过目，辄得其妙，虽艺成而下，得不愈于博奕狗马者乎？至于画陂湖林樾、烟云凫雁之趣，荒远闲暇，亦自有得意处，雅为流辈之所贵重。然

所写特于京城外坡坂汀渚之景耳，使周览江浙荆湘、崇山峻岭、江湖溪涧之胜丽，以为笔端之助，则亦不减晋宋流辈。（《宣和画谱》卷十二）

赵令穰可以说是将北国“江南化”的第一个画家。后来以此为他的标志：

莫云卿《菱湖秋艇》小帧，是仿高房山，而少变其格。残柳长堤，溪桥荻港。湖菱以淡墨微点，加以汁绿。采菱船上，红妆粉面，画桨清歌，皆极写意。远岸霜林，其上晴岚白鸟，殊有远韵。不啻赵令穰一幅江南春也。（钱杜《松壶画忆》卷下）

陈援庵先生写《元西域人华化考》，那个时代，那么多的西域人，慕名而来，向往中原的文化，将他们的名字，改为华人的名字。而更进一步，就是到中原，还向往温柔富贵的南方，将水乡的美，变成他们自己的美学时尚：

元人竹枝《柳塘词话》曰：有阿鲁温掌机沙者，《竹枝》云：“南北峰头春色多。湖山堂下来棹歌。美人荡桨过湖去，小雨细生寒绿波。”其张掖人燕不花者，《竹枝》云：“湖头水满藕花香。夜深何处有鸣榔。郎来打鱼三更里，零乱波光与月光。”其回回别里沙者，《竹枝》云：“凤凰岭下月色凉。无数竹枝官道旁。东家为爱青青竹，截作参差吹凤凰。”虽云中原文教之远，又皆象胥之所不载也。（沈雄《古今词话》）

“象胥”，这里指当时的翻译文件。这表明：水乡之美，也成为了异族中国化一个重要的象征符号。这也表明，水乡的美学趣味，颇有政治文化的影响力。到了清代，北方异族已经完全中国化，杨懋建笔下的陶然亭，宛然是水乡江南的味道了：

> 丰台芍药，在昔为胜游。今则二三月间，南西门外三官庙海棠开时，来赏者车马极盛。城内龙爪槐，城外极乐寺，皆游春地也，游人皆自携行厨。惟陶然亭、小有余芳二处有酒家。陶然亭，暮春即挂帘卖酒；小有余芳，则迟至入夏乃开园。过小桥出园，即为小有余芳。清暑招凉，调水雪藕，大有江乡虾菜之思。“西风斜日鲈鱼香”，不止“水村山郭酒旗风”也。（杨懋建《京城杂录》卷四《梦华琐簿》）

查为仁是查慎行的侄子。他在天津的别业水西庄，秋天收获了红菱，以此招待来宾，而主宾之间，写着写着，就成了乡愁的恋忆，成了京洛风尘的替代补偿，在想象的力量里，“都忘踪迹滞燕土，但觉尘翳消胸膺”：

> 余家水西庄种红菱。己未夏，长洲葛信天（正笏）、张少仪（凤孙）同客陈榕门观察署中，鲁存弟以五十枚饷之。信天诗云：“红菱正美喜分甘，采采新从碧玉潭。莫讶乡心又撩乱，果然风味是江南。”少仪诗云：“江南六月看采菱，荷衣雪腕轻桡凭。锦帆泾里棹烟入，满身风露塞凌兢。曼歌一声蟾魄上，紫茎绿叶牵朱绳。十年书剑去乡国，鸳凫旧梦空飞腾。直沽旅食又长夏，消渴不耐炎高蒸。水西主人辱存问，侧生五十新荷承。清香扑人光照眼，奚奴触手愁霜棱。

鹤留丹顶鹦爪细，一弯茜影湘波凌。玫瑰轻擘水仙佩，玉肤映彻冰壶冰。吴侬得此乃狂喜，传笺迎集诸宾朋。古瓷擎出佐芳宴，凉飙净扫窥盘蝇。沧州法酿泻百斛，灵池故实还同征。都忘踪迹滞燕土，但觉尘翳消胸膺。哀梨标李世艳称，蔗浆樱实琼筵登。独遗此品在烟水，邀如钓濑逃严陵。天涯相赏有知己，不辞千里扁舟乘。孤根近托藕香榭，白苹掩映溪流澄。芳鲜只供骚客嗜，声价岂要皇都增？尊前一笑宛旧识，领略风味当年曾。愿携巾拂坐风槛，娇红婉翠围千层。吴歈渺绵吴语软，卜夜更命张华灯。酒酣泼墨进吴谚，春蚓十丈书枯藤。”（查为仁《莲坡诗话》）

李慈铭记北平的三贝子花园：也有“水乡篱落之思”：

罢酒更游可园，都中呼三贝子花园，相传为诚隐亲王赐邸，道光间尝归宝文庄相国，今为卖花人居矣。绕园有墙如城，外为重门，老树参天，地广数十顷，昔时亭榭甚盛，今俱颓废，佳卉古木亦十九为薪，然曲径平芜，高柳疏错，堂宇之东有曲廊一带，下临清池，随土阜高下为方亭折阑，足令林客宅心，溪叟眷眺。同游诸子谓有水乡篱落之思。（李慈铭《越缦堂日记·同治壬申》）

甚至满族后裔震均（汉名唐晏，1857—1920），因为曾任江苏江都知县、江宁八旗学堂总办，回到京城，记忆里都是江南景色。看他笔下的瀛台秋水之美：

每趁早凉入西苑门，大柳星稀，高槐露下，宫墙缘岸闲

安步徐行。菰蒲四面，水禽啁哳，与江南水乡无异。暨渡板桥则荷香袭衣，闸流滴耳，宛在梦中听筝筑声。（震均《天咫偶闻》卷一）

远在广东的屈大均，亦记载了广东的绍兴人，不仅仿照家乡的经济作业，而且将其水乡的美名传播，使粤国江南化：

顺德有水乡曰陈村，周回四十余里，涌水通潮，纵横曲折，无有一园林不到。夹岸多水松，大者合抱，枝干低垂，时有绿烟郁勃而出。桥梁长短不一，处处相通，舟人者咫尺迷路，以为是也，而已隔花林数重矣。居人多以种龙眼为业，弥望无际，约有数十万株。……又其水虽通海潮，而味淡有力，绍兴人以为似鉴湖之水也，移家就之，取作高头豆酒，岁售可数万瓮。他处酤家亦率来取水，以舟载之而归，予尝号其水曰“酿溪”。有口号云：“龙眼离支十万株，清溪几道绕菰蒲。浙东酿酒人争至，此水皆言似鉴湖。”（屈大均《广东新语》卷二）

表明江南水乡成为有中国美学中当之无愧具有影响力的美典。

江南嘉兴诗人徐志摩最有名的诗《再别康桥》，其实也是异域的“江南化”：

软泥上的青荇，油油的在水底招摇；/在康河的柔波里，我甘心做一条水草！/……/寻梦？撑一支长篙，向青草更青处漫溯；/满载一船星辉，在星辉斑斓里放歌！

完全是水乡的美丽与柔情。他的底子里，是中国的江南。而扬州的作家朱自清，在现代文学上最成功的作品，即代表“北方的水乡化”经典的《荷塘月色》；发表这篇作品数月之后，他在《一封信》里写道：

在北京住了两年多了，一切平平常常地过去。但不知怎的，总不时想着在那儿过了五六年转徙无常的生活的南方。……现在终日看见一样的脸板板的天，灰蓬蓬的地；大柳高槐，只是大柳高槐而已。于是木木然，心上什么也没有；有的只是自己，自己的家。①

朱自清的认同与皈依，完全是千年水乡的古老灵魂，在现代中国文化里修成的正果。

从诗经到朱自清，北国的江南化的过程，也正是中国文化的审美话语权，由北方而南方的过程。

3. 水乡之美，具有无言而殊胜的抒情特质

“水乡”究竟具有什么样的美妙？古人留下了什么美感经验？最简单的一点，即“无言的抒情”。即水乡的文字与画面，就是本然的抒情符号。郦道元的《水经注》，写谢灵运当年对若耶溪的美的发现：

溪之下，孤潭周数亩，甚清深，有孤石临潭。乘崖俯视。猨狖惊心，寒木被潭，森沈骇观。上有一栎树，谢灵运与从

① 朱自清：《一封信》。关于朱氏江南情结更详细的分析，参见凤媛：《江南文化与中国现代文学》，文化艺术出版社 2008 年版，第 113 页。

弟惠连常游之，作连句，题刻树侧。麻潭下注若邪溪，水至清照，众山倒影，窥之如画。（《水经注》卷四十“渐水”）

案，水如镜相，水如美图，因而世界才是一幅画，因而才引出了灵思，感发了山水诗的潮流，而查慎行记沈周之亡，是另一种写法：

唐伯虎《相城水村图》画卷，宣纸，小幅，阔才半尺，长六尺余，水墨浓淡，点缀生动，杨柳三十四株，江桥、村市出没水气中。后有王文恪公五言古诗一首，伯虎次和，最后又有卢襄次韵一首。相城，沈石田所居，时石田下世，文恪与伯虎往吊，舟中作此，兴会所到，笔墨之痕俱化。平生所见，伯虎画，此为第一。甲申五月十五日，御前发下装潢，裱房在西苑直庐之后，与王麓台前辈同观。（查慎行《人海记》）

案，仅作水村风景，寄托对友人的无穷哀思。这表明了，无论水乡是观照的，还是寄托的，都是无言而殊胜，可以兴，可以观，具有的浓郁抒情气质。诗画一体，沈周的朋友文徵明题画诗，似篇篇不离“水”意：无论是“空山雨过人迹少，寂寂孤村水自流”，还是“独放偏舟湖上去，空蒙烟树有无间”，以及“幽人索莫诗难就，停棹闲看绕树鸦”①，都是无言之美。恽寿平说得好：

风雨江干，随笔零乱，飘渺天倪，往往于此中出没。（《南田画跋》）

---

① 《式古堂书画汇考》画卷之二十八。

恽寿平（名格，字寿平，号南田）的“飘渺天倪”，即表明水乡无言而又言之无尽的抒情特质，来自道家的美学精神。

4. 水乡得一个“清”字，有农业人生的自然真朴

其次，水乡风物，与水乡景色，离不开一个清字，见出农渔人生的自然真朴之美。扬州的瘦西湖美景，居然是“园丁所居”：

> “杏花村舍”止于此，平时园墙版屋，尽皆撤去。居人固不事织，惟蒲渔菱芡是利，间亦放鸭为生。近年村树渐老，长堤草秀，楼影入湖，斜阳更远，楼台疏处，野趣甚饶也。是地为“临水红霞”之对岸，稍南则长春桥矣。“平冈艳雪”在“邗上农桑”之对岸，“临水红霞”之后路。迎恩河至此，水局益大，夏月浦荷作花，出叶尺许，闹红一舸，盘旋数十折，总不出里桥外桥中。其上构清韵轩，前后两层，粉垣四周，修竹夹径，为园丁所居。山地种蔬，水乡捕鱼，采莲踏藕，生计不穷。余每爱此地人家，本色清言，寻常茶饭，绝俗离世，令人怃然。（李斗《扬州画舫录》卷二）

因而，没有现代园林的做作，有农业人生的自然。产生于舟子渔夫的棹歌，亦是古典的天籁之美：

> 唯吴中人棹歌，虽俚字乡语不能离俗，而得古风人遗意。其辞亦有可采者，如陆文量所记，“月子弯弯照九州岛，几家欢乐几家愁？几人夫妇同罗帐？几人飘散在它州？”又所闻，“约郎约到月上时，只见月上东方不见渠（音其）。不知奴处山低月上早，又不知郎处山高月上迟”。即使子建太白降为会晤谈，恐亦不能过也。然此田畯红女作劳之歌，长年

> 樵青，山泽相和，入城市间，愧汗塞吻矣。然则听古乐而恐卧者，宁独一魏文侯也？（王世贞《艺苑卮言》卷七）

案，月儿弯弯一曲，实为江南水乡音乐文学王冠上的一颗明珠。那样的简单清澄，又那样的入骨相思；那样的飘泊无依，又那样的温情缠绵。非常像“水”的美学质量。

5. 风致，即风韵与风味

水乡在中国文学与艺术中，添加了一种轻盈、宛妙、灵动、情趣、妩丽的美。尤其以水乡采莲采菱一系作品表现突出。《乐府解题》曰：

> 《清商曲》有《采莲子》，即《江南弄》中《采莲曲》。如李白“耶溪采莲女，见客棹歌回。笑入荷花里，佯羞不出来”。刘方平“落日晴江曲，荆歌艳楚腰。采莲从小惯，十五即乘潮”。又王昌龄“乱入池中看不见，闻歌始觉有人来”。张朝“赖逢邻女曾相识，并着莲舟不畏风”。殊有风致……

《人间词话》第四九：

> 介存谓梦窗词之佳者，如：“水光云影，摇荡绿波，抚玩无极，追寻已远。”余览《梦窗甲乙丙丁稿》中，实无足当此者。有之，其“隔江人在雨声中，晚风菰叶生秋怨”二语乎？

“风致”另一说法，即清婉之美。歌声、水流、杨柳、晓风，皆有此意。如清人汤漱玉记江南的女画史：

陈琼圃，字阆真，号鉏月，钱塘半江司马淞女，归安费锡田室。能诗，兼六法。夫亡，誓以身殉，卒年二十有九。其自题山水画册云："路转千峰一径斜，烟霞深锁野人家。春来更有幽栖处，开遍东风枳谷花。""家住江南杨柳湾，一蓑烟雨打鱼还。数声芦荻秋风暮，饱看青溪两岸山。""蒹葭深护水云乡，门掩青山对夕阳。吟罢小楼闲眺望，晚风吹起白苹香。""峰含晚日树含烟，野水微茫接远天。如此溪山谁领取，风光输与钓鱼船。"极清婉可诵。（汤漱玉《玉台画史》）

6. 水乡的隐逸之美

在中国文化的象征系统中，"水乡"最大的特征，即昭示一种隐逸的美学，区别于其他隐逸之美，姑且可称之为"水隐"。然而此种隐逸的美学，不仅区别于"市隐"与"朝隐"，而且也不尽同于"山隐"。其特点正是有更多的感性与音乐、更多的清莹与明朗、更多的缥缈之思，高洁与自由、感性与德性、出世与入世，往往并存其中。而且，往往产生最多的诗画结合作品，以歌颂隐逸。譬如陶宗仪笔下的会波村：

会波村，在松江城北三十里，其西九山离立，若幽人冠带拱揖状。一水并九山南过村外，以入于海，沟塍畎浍，隐翳竹树间。春时桃花盛开，鸡犬之声相闻，有武陵风概，隐者停云子居焉。一舟时放中流，或投竿，或弹琴，或呼酒独酌，或哦咏陶、谢、韦、柳诗，殆将与功名相忘。尝坐余舟中作茗供，襟抱清旷，不觉度成溪山好一曲，主人即补入中吕调，命洞箫吹之，与童子棹歌相答，极鸥波缥缈之思。（陶宗仪《记会波村》）

“鸥波缥缈之思”与“水村篱落之思”，往往构成水乡诗学的两元，既空灵超越，又乡情萦怀，既清旷又清新，既出世又入世。这在静穆与欣悦之间，保持了一种恰当的平衡。水乡之美，往往透过渔父形象，其中之一是表达高逸之品，张志和《渔父词》是传写不绝的典型。如云：

宋时名手，如巨然、李范诸公，皆有《渔乐图》。此起于烟波钓徒张志和。盖颜鲁公赠志和诗，而志和自为画。此唐胜事，后人蒙之，多寓意渔隐耳。元季尤多，盖四大家皆在江南葭菼间，习知渔钓之趣故也。（董其昌《画禅室随笔》）

吴仲圭工于画，亦能小词，尝题麐溪沈彦实处士画册云：“红叶村西日影余。黄芦滩畔月痕初。轻拨棹，且归欤。挂起渔竿不钓鱼。”盖《渔父词》也。其品之高妙何减张志

和。（王弈清《历代词话》引《名画记》）

倪元镇亦以画名，慕吴仲圭之为人，曾绘其《渔父词》为图，小词亦澹而洁。（沈雄《古今词话》）

案，从张志和到吴仲圭，渔父的形象已是“挂起钓竿不钓鱼”，更加隐逸了。董其昌说元四家都在江南葭菼间，区别于宋人画，他们的艺术世界，水的灵性更多，水气即是仙气。倪瓒词云：

云林有《人月圆》词云：“惊回一枕江南梦，渔唱起南津。画屏云嶂，池塘春草，无限消魂。　旧家应在，梧桐覆井，杨柳藏门。闲身空老，孤篷听雨，灯火江村。”词意高洁。（王弈清《历代词话》引《词苑》）

云水、池水、井水、雨水、江水……，这才是江南梦的精魂。因而西湖可以洗心：

余闲居西湖者七八年，与茅山外史张贞居、苕霅郑九成辈为倡和交。水光山色，浸沈胸次，洗一时尊俎粉黛之习，于是乎有竹枝之声……（冯金伯《词话萃编》卷六《品藻》四“西湖竹枝”）

“水光山色，浸沉胸次，洗一时尊俎粉黛之习”，这虽然不是“隐逸”，但可以陶洗心胸，也可以达到“市隐”的效果。这可以说是中国古人用山光水色调节心理的一种弱式的隐逸。这种弱式的隐逸，另一种表达即“濠梁之思”：

西溪草堂，盖周太史归隐处也。群峰奔会，带以蒲溪芟芦。激波柽柳，夹岸散碧连翠。水烟忽生，渔网相错。予曾从太史击楫而弄澄明，纵观鱼鸟，有濠梁之乐。真一幅惠崇江南春图也。（恽寿平《南田画跋》）

若绘平溪浅濑，必须坡径遥通，野屋长烟，远带疏篱；荷叶田田，蒹葭簇簇；中妇倚蓬门而待归艇，老翁扶疏柳而瞰游鳞；断井萧条，荒湾冷落。绘之者须取漠漠烟光，溶溶水色，令观者有悠然濠上之思。（布颜图《画学心法答问》）

这里的"中妇倚蓬门而待归艇，老翁扶疏柳而瞰游鳞"，也分明可见一种弱式的"隐逸"。

水乡的画学术语之一，是平远之美。平远也是一种隐逸美学：

水光自爱空蒙。平远一派，水陆有殊。江湖以沙岸芦汀、帆樯凫雁、刹竿楼橹，戍累渔罾为映带；村野以田庐篱径，菰渚柳堤，茅店板桥，烟墟渡艇为铺陈，画中平远最难作。（笪重光《画筌》）

房山又有《赵城夜月》图卷，先以焦墨作树，皆大攒点。后以淡墨为陂塘楼宇，及舟楫睥睨等物。远处一塔，反以焦墨为之，水光岚影，遥相映带，仙乎仙乎。真非驰逐名利场者窥其万一。（钱杜《松壶画忆》卷下）

只要有月光，或波光，即成另一种美，即清莹之美：

湖中半是芙蕖，人从绿云红香中往来。时天雨无纤埃，

> 月光湛然，金波与绿水相涵，恍若一片碧玉琉璃世界。身御冷风，行天水间，即拍洪崖游汗漫，未足方其快也。至于游船灯火，笙管讴歌，徒搅清思乱耳目，皆非吾友游神所在。以喧籁付之而已。
>
> ……
>
> 三五月正满，冯生招我西湖，轻舠出断桥。载荷花香气，随风往来不散。倚棹中流，手弄澄明。时月影天光，与游船灯火，上下千影，同聚一水。而歌弦鼓吹，与梵呗风籁之声，翕然并作。目劳于见色，耳披于接声。听揽既异，烦襟澡雪。真若御风清冷之渊，闻乐洞庭之野。不知此身尚在人间与否。冯生曰："子善吟，愿子为我歌今夕。"余曰："是非诗所能尽也，请为图。"图成，景物宛然无异，同游时。南田生曰："斯图也，即以为西湖夜泛诗可也。"（恽寿平《南田画跋》）

"每当清秋气爽，水痕初收，皓魄中天，千顷一碧，恍置身琼楼玉宇，不复知为人间矣。"（《西湖志》）"夜阑风静欲归时，惟有一江明月碧琉璃。"（苏轼《虞美人》），几乎成一个透明的世界。这样的美感经验，多不胜举。列子御风、黄帝张乐，皆清莹之美的典掌。下列两位《宣和画谱》中的画家，可谓江南水乡画家，他们的美感底蕴，终出自隐逸高人如陶渊明、绮里季之辈：

> 孙可元，不知何许人。好画吴越间山水。笔力虽不至豪放，而气韵高古，喜图高士幽人，岩居渔隐之趣。尝作春云出岫，观其命意，则知其无心于物，聊游戏笔墨以玩世者。所以非陶潜、绮皓之流，不见诸笔下。今御府所藏十有二：

陶潜归去来图一　　滕王阁图一

商山四皓图二　　山麓渔歌图一

高隐图一　　春云山岫图一

江山萧散图一　　山水图二

山观图一　　牧牛图一

赵幹，江南人。善画山林泉石。事伪主李煜为画院学生，故所画皆江南风景。多作楼观、舟船、水村、渔市、花竹，散为景趣。虽在朝市风埃间，一见便如江上，令人褰裳欲涉，而问舟浦溆间也。今御府所藏九：

春林归牧图一　　夏山风雨图四

夏日玩泉图一　　烟霭秋涉图一

冬晴渔浦图一　　江行初雪图一

（《宣和画谱》卷十一）

可见"江南水乡"终究是高人幽士的乌托邦。现代作家郁达夫，江南才子。他在《沉沦》里写道：

在万籁俱寂的瞬间，在天水相映的地方，他看看草木虫鱼，看看白云碧落，便觉得自家是一个孤高傲世的贤人，一个超然独立的隐者。

三　有关水乡诗学的理论引申

"水乡的诗学"值得再论。一方面，传统诗话词话与画论，有的是发现了一些重要现象，但未及展开讨论；有的是蕴含着一些重要的理论问题，明而未融，有待引申发挥；另一方面，正如人文地理学关于“地方”的概念所启示的,“地方”是认识世界的一种方式。[1]“水乡”也不仅仅是一种审美经验,而且更是一种审美方式,美感模式,我们更应该顺着这个重要的提示,探究水乡作为一种美的认识与创造方式,还有哪些可以发展的内容。以下即以水乡作品为分析对象,参以传统文评数据,更申论之。

(一)阴柔之道:柔弱胜刚强的文明价值

朱彝尊《鸳鸯湖棹歌》一百首,多写水乡经济生活的平和温柔与富庶安康:

蟹舍渔村两岸平,菱花十里棹歌声。侬家放鹤洲前水,夜半真如塔火明。(其一)

樯燕樯乌绕楫师,树头树底挽船丝。村边处处围桑叶,水上家家养鸭儿。(其十)

城北城南尽水乡,红薇径外是回塘。千家晓阁纱窗拓,二月东风蕙草香。(其十六)

屋上鸠鸣谷雨开,横塘游女荡船回。桃花落后蚕齐浴,竹笋抽时燕便来。(其五十六)

秋水寻常没钓矶,秋林随意敞柴扉。八月田中黄雀稷,九月盘中黄雀肥。(其九十)

王国维在日本京都时,因为怀念家乡的美,曾写一组昔游诗,其二云:“我本江南人,能说江南美。家家门系船,往往阁临

---

① 蒂姆·克雷斯韦尔《地方:记忆、想象与认同》:“地方也是一种观看、认识和理解世界的方式。”“‘地方’不单是指世间事物的特性,还是我们选择思考地方的方式的面向——我们决定强调什么,决意贬抑什么。”(徐苔玲、王弘志译,台北群学出版公司2006年版,第21—22页)

水。兴来即命棹，归去辄隐几。”诗人极为敏感，他这里表达江南的和平、适意、宜居、自由人生的美，骨子里是一种恐惧，即将来临的三千年未有之变局，在他心中所激起的一种早熟的乡愁。

因而，“水乡”第一个值得引申表彰的重要价值，即其经济富庶与生活安康风貌中，所蕴含的和平、适性、宜居、自由的美好人生向往，这与贫穷、饥饿、暴力、战争、苦难与动荡不安所形成的生活质量截然相反。尤其是古人写那么多的流放地，无论是关外的寒冷饥饿，还是岭南的瘴疠疾病，都是江南水乡的反面，某种意义上说，也完全可以说是文明价值的反面，因而“水乡”，成为文明生活的一个美丽的眸子！同时，“水乡”的另一个特点即它的非虚构性，并不是传说中的所谓仙乡神国，它并不离可欲的人生目标太远，而曾经就是每个江南人生活真实的一部分，也是走过江南路过水乡的中国历代文人向往美好生活的一个既现实又理想的梦境。因此，王国维在近代变局降临之际的乡愁，与古代的桃花源不同，是一个真实的可欲的世界。①

这就要说地志中水乡人的人性特征。明代史家，吴兴人朱国桢曾自述：

> 余居太湖之曲，土厚水深，回旋盘礴数十里，中多醇德敦行之士，其人既不炫迹，不近名人，亦罕有述者。（《朱文肃公集·传》）

---

① 根据大分流的理论，清中叶的江南社会，其实创造了世界经济史上的奇迹。并不是一个所谓“积弱积贫”的中国社会。参见李伯重：《多视角看历史：南宋后期至清代中期的江南经济》，生活·读书·新知三联书店 2003 年版；彭慕兰：《大分流：欧洲、中国及现代世界经济的发展》，江苏人民出版社 2004 年版。

著名嘉兴学人沈曾植亦云：

> 王武子所谓其地坦而平，其水澹而清，其人廉而贞，常璩所谓士多仁孝，女性贞专，称为士大夫之都者，吾郡近之。（《续槜李诗系序》）

在三千年未有之变局来临之际，中国人并不是烂透了，而是在水乡南国，渐渐趋向于成为一种“士大夫之都”。而湘西水乡作家沈从文给妻子张兆和的信中说：

> 我看久了水，——对于人生，对于爱憎，仿佛全然与人不同了。我觉得惆怅得很，我总像看得太深太久，对于我自己，便成为受难者了，这时节我软弱得很，因为我爱了世界，爱了人类。

他们都不约而同表彰水乡人性情之美。我曾经写过：

> 中国历史的进程，有一奇妙的现象：看似北方强大、南方柔退，北方总打败南方，然而实则南方更有生命底蕴与活力，最终，近代革命之源头，全在南方。现代动力之契机，亦在南方。江南多水，水是前现代物资与人力流动最为重要的条件，江南社会因流动而聚人气，因流动而活跃趋新，因流动而多元，因流动而自由。水又最为内敛、渟蓄，以静制动。老子所谓柔弱胜刚强，江南社会历劫不毁，后来居上，是之谓乎？①

① 胡晓明：《“江南”再发现：中国历史与文学及海外中国典籍中所见的“江南认同”》，载胡晓明主编：《中国文史上的江南——“从江南看中国”学术研讨会论文集》，2010年12月，上海辞书出版社2010年版。

（二）文化仿写：南北仿写、民间到宫廷的仿写、诗画的相互仿写

“文化仿写”是水乡诗学的重要现象，即模仿江南水乡，在异地、异域或不同体裁，重新制作水乡意味的美。“建构记忆的主要方式之一，就是透过地方的生产。”[①]首先是“南北仿写”。我在上面已经列举“北国江南化”的不少材料，即可视为“北仿南写”之一种。但除了北人仿南景，其中更有宫廷仿民间，将江南水乡的民间意味，改造成皇家宫廷的美学，由此可以见出政治与诗学的互为缘助。

最大的例证，即康熙、乾隆都在承德避暑山庄修建仿江南水乡的风景。康熙与乾隆，都喜爱江南风景与风物，但他们不可能过于频繁地下江南，因而仿写江南水乡，其实作为政治想象的诗学，是用诗歌艺文，来作南中国征服与巡游的替代性补偿，以及大一统政治权力的美学欣趣。一方面让北方的自然景观人文化、经典化、文本化，另一方面也让南方的人文脉络北方化、中国化、一统化。

以乾隆在山庄修建的烟雨楼为例，“乾隆六次南巡，都到嘉兴，曾八次登临南湖烟雨楼，每次到来都赋诗留迹，以记其游，先后赋诗十五首。他对南湖烟雨楼有一种特殊爱好的感情，他把烟雨楼比作蓬莱仙岛、方壶仙境、水晶宫，特别对富有江南水乡特色的烟雨风光赞叹不已。乾隆对南湖烟雨楼有特殊的感情，还反映在他第五次南巡时，带去了《烟雨楼图》，在热河行宫避暑山庄青莲岛上仿建了一座烟雨楼，历时一年，耗银三万五千余

---

① 前引《地方：记忆、想象与认同》，第 86 页。

两"[1]。楼成,乾隆题诗一首,其自注曰:"烟雨楼本为钱元璙所创,为嘉禾胜迹。向年南巡,屡次登临,时钱陈群在籍,赓和颇多……"其诗后四句云:

> 最宜雨态烟容处,无碍天高地广文。却胜南巡凭赏处,平湖风递芰荷芬。

值得玩味的正是这里的"无碍天高地广文"一句。在乾隆的眼里,透过这一仿建的名楼,纳江南于京畿,不仅烟雨温柔之乡的江南,完全可以融入"天高地广"的整个华夏大地之中,而且也完全可以无碍于清帝的政治一统大文章。对比他第五次南巡时在烟雨楼写下的贬承德、尊嘉兴的句子("承德奚妨摹画貌,嘉兴毕竟启诗材"),毕竟这里流露了更真实的心理活动。

(三) 水乡与女性的一体化

1. 渔父与吴娃的张力

水乡与女性,不一定非要一体不分。譬如"渔父"的诗学谱系,就与女色无涉。但前人自觉将水乡与女性一体化的诗学努力,是黄庭坚。宋代词话有关苏轼与黄庭坚关于仿写张志和渔歌的争论,从一个侧面说明了这个问题:

> 徐师川云:"张志和《渔父词》云:'西塞山前白鹭飞。桃花流水鳜鱼肥。青箬笠,绿蓑衣。斜风细雨不须归。'顾况《渔父词》:'新妇矶边月明。女儿浦口潮平,沙头鹭宿鱼惊。'东坡云:'玄真语极清丽,恨其曲度不传。'加数语以《浣

① 引自《乾隆题南湖烟雨楼诗选》,中国广播网,"嘉兴新貌"专题。

溪沙》歌之云：'西塞山前白鹭飞。散花洲外片帆微。桃花流水鳜鱼肥。自庇一身青箬笠，相随到处绿蓑衣。斜风细雨不须归。'山谷见之，击节称赏。且云：'惜乎散花与桃花字重叠。又渔舟少有使帆者。'乃取张顾二词合而为《浣溪沙》云：'新妇矶边眉黛愁。女儿浦口眼波秋。惊鱼错认月沉钩。　青箬笠前无限事，绿蓑衣底一时休。斜风细雨转船头。'东坡云：'鲁直此词清新婉丽，其最得意处，以山光水色替却玉肌花貌，真得渔父家风也。然才出新妇矶，便入女儿浦，此渔父无乃太澜浪乎。'山谷晚年亦悔前作之未工，因表弟李如篪言《渔父词》，以《鹧鸪天》歌之甚协律，恨语少声多耳。以宪宗画像求玄真子文章，及玄真之兄松龄□劝归之意，足前后数句云：'西塞山前白鹭飞。桃花流水鳜鱼肥。朝廷尚觅玄真子，何处而今更有诗。　青箬笠，绿蓑衣。斜风细雨不须归。人间欲避风波险，一日风波十二时。'东坡笑曰：'鲁直乃欲平地起风波耶。'"徐师川乃作《浣溪沙》、《鹧鸪天》各二阕，盖因坡谷异同而作云："西塞山前白鹭飞。桃花流水鳜鱼肥。一波才动一波随。　黄帽岂如青箬笠，羊裘何似绿蓑衣。斜风细雨不须归。"其二云："新妇矶边秋月明。女儿浦口晚潮平。沙头鹭宿戏鱼惊。青箬笠前明此事，绿蓑衣里度平生。斜风细雨小舟轻。"其三云："西塞山前白鹭飞。桃花流水鳜鱼肥。朝廷若觅玄真子，恒在长江理钓丝。　青箬笠，绿蓑衣。斜风细雨不须归。浮云万里烟波客，惟有沧浪孺子知。"其四云："七泽三湘碧草连。洞庭江汉水如天。朝廷若觅玄真子，不在江边即酒边。明月棹，夕阳船。鲈鱼恰似镜中悬。丝纶钓饵都收却，八字山前听雨眠。"（吴曾《能改斋词话》"水光山色渔父家风"条）

苏轼批评山谷词所谓“才出新妇矶，便入女儿浦，此渔父无乃太澜浪乎?”正是站在传统“渔父”谱系的诗学立场上，维护隐逸高士文学的保守性。[①]但他未能理解黄山谷引“玉肌花颜”入“山光水色”的真意，乃是创造一种新的渔父诗风，渔父与吴娃，一高洁，一俚俗，构成水乡诗学的另一种内部张力，因而具有“夺胎换骨”的美学精神。尽管，具有“渔父”与“吴娃”张力之美的“江南曲”，并不多见。[②]历代传写不衰的“江南曲”，更多的是“渔父”与“吴娃”花开两朵，各表一枝。

2. 从女仙女神到真人

因而，江南曲中，永远典藏着说不完的美人、香草、神女、伊人的影子。最早的“江南曲”，即有男女心灵感应之美。《诗经》的“蒹葭苍苍”、屈子的“香草美人”，都是水乡诗学的最早来源，南田题画云：

> 秋夜烟光，山腰如带，幽篁古槎相间，溪流激波，又澹荡之。所谓伊人，于此盘游，渺若云汉。虽欲不思，乌得而不思。（恽寿平《南田画跋》）

---

① 东坡其实也能写“山水女色化”的词。譬如：“山与歌眉敛，波同醉眼流。游人都上十三楼。不羡竹西歌吹古扬州。菰黍连昌歜，琼彝倒玉舟。谁家水调唱歌头。声绕碧山飞去晚云留。”（苏轼《南歌子（游赏）》）但是他不会将两个系统混搭着写。

② 洪昇《四婵娟·管仲姬画竹留清韵》可为“兼渔父与美人”的典型：“又慕张志和为人，罗一小舟，中置法书、名画、茶灶、笔床，尝与夫人往来苕霅之间，以作浮家泛宅之举。”（旦云：）“相公，你看这山光滴翠，湖影涵空，兀良是好景致也！”（正末唱：）“新妇矶头，淡抹微云两黛愁；女儿浦口，才添新雨一眶秋。湖中波映碧天流，景中人比黄花瘦。我与夫人呵，端的是非俗偶，是一对诗情画意烟波友。”（洪昇《四婵娟》第四折《管仲姬画竹留清韵》）

慢慢地,乐府里“江南可采莲,莲叶何田田”的男女嬉戏,变成了民间传说里真的女仙与花妖:

> 唐中和中,有士人苏昌远,居苏台属邑,有小庄去官道十里。吴中水乡,率多荷芰。一日忽见一女郎,素衣红脸,容质绝丽,阅其明悟,若神仙中人,自是与之相狎,以庄为幽会之所。苏生惑之既甚,尝以玉环赠之,结系殷勤。或一日见槛前白莲花开,敷荣殊异,俯而玩之,见花房中有物,细视之,乃所赠玉环也,因折之,其妖遂绝。鬼神无形,必凭于物,精气所附,非菡萏之能哉。闻于刘山甫。(孙光宪《北梦琐言》卷九)

荷花与女色的相互缘助,于是变成了后世无数《江南曲》的真正背景。沈约《江南曲》:“棹歌发江潭,采莲渡湘南。宜须闲隐处,舟浦予自谙。罗衣织成带,堕马碧玉簪。但令舟楫渡,宁计路嵌嵌。”这其中有一个梳堕马髻的女子。“但令舟楫渡”,自有男女相和、君臣相依的隐喻。只是后来,仙人的成分越来越浓厚了。我们且读宋人《长桥怨》的故事:

> 治平年,钱忠,字惟思。少好学多闻,随侍父湖湘。后以家祸零替,惟忠一身流客,因如二浙。道过吴江,爱水乡风物清佳,私心恋恋,不能去。每江上春和,湖天风软,翠浪无声,画桥烟白,忠尽日讽咏游赏,多与采莲客、拾翠女相逐,周旋洲渚间。忠尤悦一女,方及笄,垂螺浅黛,修眉丽目,宛然天质。忠虽与游,卒不敢以异语犯焉。凡数月,浸于女熟,女亦若眷眷有意。一日,忠为酒所使,谓其女曰:

“吾与子相从江渚舟楫间数月矣，吾甚动子之色，独不知乎?”女曰:“吾之志亦然也。家有严尊，乃隐纶客也。常独钓湖上，尤好吟咏。子能为诗，以动其心，妾可终身奉君箕帚。不然，未可知也。”至暮举楫，扁舟入云水中。

忠归，惕意为诗曰：

八十清翁今钓客，一纶一艇一鱼蓑。碧潭波底系船卧，红蓼香中对月歌。玉绘盈盘同美酒，锦鳞随手出清波。风烟幽隐无人到，俗客如何愿一过。

忠以诗付女，女持而去。明日，女复持诗至曰:“翁和子诗，亦有不许君之句，子更为之。”翁和诗曰：

向晚云情无限好，船头又见乱堆蓑。却无尘世利名厌，尽是市朝兴废歌。全宅合来居水泽，此身常得弄烟波。肥鱼美酒尤丰足，自是幽人不愿过。

忠复依前韵为诗云：

小舟泛泛游春水，竹笠团团覆败蓑。盈棹霜弦三尺浪，满船明月一声歌。非干奔走厌浮世，自是情怀慕素波。惟有仙翁为密友，就鱼携酒每相过。

付女上翁。他日，又遇女于湖上。女曰:“翁亦不甚爱子之诗。”

忠不出数日，构成诗云：

吴江高隐仙乡客，衰鬓长髯白发干。满目生涯千顷浪，全家衣食一纶竿。长桥水隐秋风软，南浦烟浮夜钓寒。因笑区区名利者，是非荣辱苦相干。

翌日，忠见女，女喜曰:“翁方爱子之诗，我与君事谐矣。”又去，忠终不知所止。

一日，忠与数友晚步江岸，过小桥，遇女于其上，不语相

顾,喜笑而去,同行者颇疑焉。明日早,忠尚伏卧,有人持书于窗牖,忠视之,乃女所作之诗也。诗云:

昨日相逢小木桥,风牵裙带缠郎腰。此情不语无人觉,只恐猜疑眼动摇。

他日,忠又与邻渔泛舟,钓于湖上。渔唱四发,忠亦递相应和其间。女又遣人遗忠诗曰:

轻桡直入湖心里,船渡荷花窣窣鸣。何处渔谣相调戏?住船侧耳认郎声。

月余,忠别里巷,自兹泛舟深入烟波,不知所往。忠有姑之子曰王师孟,登第后失官。有故人居钱塘。过吴江,泊舟于水际,登长桥,有彩舟来甚速,中有人呼曰:"王兄固无恙乎?"师孟审其声,乃忠也。俄舟舣岸,果忠也。邀师孟登舟,音乐酒肉,器皿服用,皆非世之所有。忠复命其妻以大兄之礼拜师孟,师孟但觉瑶枝玉干,辉映左右。因三人共饮。至明,忠谓师孟曰:"吾之居处在烟波之外,不欲奉召兄。兄方贵游,弟能无情。"乃以黄金十斤赠之,师孟谢之。忠曰:"相别二纪,而兄之发白,伤怆尘土间汩没,使人易老。"师孟曰:"子为神仙,吾今游客,莫非命也。"忠为诗曰:

水国神仙宅,吾今过此中。长桥千古月,不复怨春风。

已而别去,后不复见有人见之云。(刘斧撰辑《青琐高议》前集卷五)

案,之所以"翁亦不甚爱子之诗",原因是钱忠前面的诗,并没有真正意识到翁乃"仙翁",还以为老人只不过是以"仙翁为密友",钱忠还未脱世俗之见,因而此桩婚事,也不能得到允准。而后面之所以得到翁的同意，正是钱忠恍然意识到了老翁乃是“吴江高隐仙乡客”。这表明，花仙、水仙的传说故事，在水乡成为一种传统。

《江南曲》的发展线索：从隐喻的女性，到仙子的女性，再到真实的女子。我们看明人张学典《江南曲》：“落日乘潮去，荆歌戏采莲。相逢娇不语，佯笑堕花钿。”这分明已经是大胆、真实、挑逗男性的城市歌妓的写照了。值得提到的是朱彝尊的《鸳鸯湖棹歌》一百首，几乎首首都有水，首首都有女子，每一个都不同，几乎是一百首女性人物画廊。其中有荡舟女、游女、歌伎、卖丝女、斗茶女、浣衣人、纺织女、刺绣女、画女、琵琶女、梨园女、踏青女、采桑女等，从水乡的诗学来看，充分表明了女性的身份如何变得世俗、真实。

可以顺便作一点比较的是，西方沿河文化的一些传说，虽也是女性居多，但更多是女妖的传说。譬如莱茵河畔有一处陡峭的山，名为罗勒莱山，山上有一块岩石，象征着罗蕾莱女妖（Lorely），民间传说，来往于河中的水手，只顾着迷于女妖的歌声，船因而触礁，成为整个莱茵河触礁沉船最多的一段。海涅曾有一首叙事诗歌写这个女妖传说，表面美丽动人，实则暴力血腥。[①]似乎中国的水乡仙女传说，比较温情，不尚暴力；而且，中国水乡最美的女仙，应该是田螺姑娘，或许与农业人生的和平向往有关？或

---

① 德国著名的浪漫主义诗人海因里希·海涅在1824年创作了叙事诗《罗蕾莱》(Die Loreley)，1837年德国作曲家弗里德里希·西尔歇尔(Friedrich Silcher)为这首诗歌谱曲，从而成为一首世代相传的德国民歌。歌词中写道：“那绝美的少女，端坐云间，她金裹银饰，正梳理着她的金发灿灿。她用金色的梳子梳着，一边轻吟浅唱；那歌声曼妙无比，中人如痴如狂。小舟中的舟子痛苦难当；他无视岩岸礁石，只顾举首伫望。嗳，波浪不久就要吞没他的人和桨；这都是罗蕾莱，又用歌声在干她的勾当。”

许与水乡的水流平缓，往来安全有较多的关系？[①]

3. 美感经验的互通与转换

水乡与女性的一体化，其中的一个重要特色，即表明艺术间的互通，音乐、美术与文学的非门类化，以及各种修辞手段与美感经验的互为缘助。譬如，(1)人面荷花的镜相效果；(2)游动轻盈的人体动态美；(3)空间的诗意，隐约与迷藏的含蓄美；(4)音乐与湖光水色的交互声色美；(5)性爱的暗示语(鱼、红藕、莲等)；(6)女性与恋情的代语(如采莲人、烟波等)。

水乡与女性的一体化，有一个现象，是表面写的是水乡，实际写的是宫廷。表面写的是劳动，实际写的是歌席间的声色。令人惊奇的是，历史上采莲采菱的文学，竟然可以了无痕迹地化而为音乐歌舞形式。正如诸葛忆兵指出，"'采莲'就不再是一种真实的劳动场面，而是一种宫廷娱乐的歌舞表演形式"；"有时，诗人所写'采莲女'看似写水乡女子，实际上只是'猎艳'或泛写'艳情'的一种遮眼法"。[②]在宋词里，就见水如见色，有一种渐渐萌芽的隐性的女色书写与双关的山水：

> 画船载取春归去，余情付，湖水湖烟。明日重携残酒，来寻陌上花钿。(俞国宝《风入松》)

---

① 董其昌《画禅室随笔》(卷二)："杜樊川诗，时堪入画：'南陵水面漫悠悠，风紧云繁欲变秋。正是客心孤迥处，谁家红袖倚高楼。'陆瑾、赵千里皆图之。余家有吴兴小册，故临于此。"如果说，西方的航行故事，多以恐怖的方式来提示，社会因此而获得有关于死亡与灾难的经验，而中国的水乡旅行故事，则多以思妇的情怀，来温暖人心，仕宦或商旅人生的飘泊者，因此而得到心灵的补偿。

② 诸葛忆兵：《采莲杂考——兼谈"采莲"类题材唐宋诗词的阅读理解》，《文学遗产》2003年第5期，第64、70页。

而越到后来，正如我们在不少后期的艳情小说与艳情诗词中所看到的，这时，“水乡”已经异化而为“情色”的场所了。

水底鸳鸯眠正稳，教郎低唱采莲歌。（张燕昌《鸳鸯湖棹歌》第三十）

郎舟爱向斜塘去，妾意终怜长水长。（朱彝尊《鸳鸯湖棹歌》第三十一）

（四）城乡共体、城市与自然景观的和谐共生、相得益彰

传统水乡诗学值得引申的第三个理论，即我们很容易在宋词中，发现一个美学现象，即水、树、云、风等自然风光，与楼、台、亭、桥、人家等人文景观的美妙融合，这表明，水乡的诗学的一个特色，即是水乡与城市的相互映衬，水乡的市镇化，以及市镇的水景化。譬如：

绕岸垂杨，红楼朱阁相望。（柳永《如鱼水》）

烟柳画桥，风帘翠幕，参差十万人家。云树绕堤沙。（柳永《望海潮》）

水满平湖香满路，绕重城，藕花无数。（丘密《夜行船》）

画船载，清明过却，晴烟冉冉吴宫树。（吴文英《莺啼序·春晚感怀》）

春城处处起吴歌，夹岸疏帘影翠娥。一叶舟穿妆阁底，倾脂河畔落花多。（朱彝尊《鸳鸯湖棹歌》第三）

吴兴人韦居安，酷喜家乡水乡风景，有《梅磵诗话》，记霅溪之胜景与人物，实为一份城乡共体的文献实录：

吾乡地濒具区，故郡以湖名。叶水心为赵守希苍作《胜赏楼记》，有"四水会于霅溪，镜波蓝浪"等语，然直斋为吴守子明记重建碧澜堂，亦云："镜波蓝浪，万顷空阔。"以是观之，则水晶宫之称非浪得也。环城数十里，弥望皆菰蒲芰荷。城中月河莲花庄一带亦然。余赏爱杨廷秀《过霅川大溪》诗数语，形容最佳。诗云："菰蒲际天青无连，只堪莲荡不堪田。中有一溪元不远，折作三百六十湾。正如绿锦衣地上，玉龙盘屈于其间。"味此诗，则霅之胜概大略可见。

蜀僧居简号北磵，《忆霅》诗云："梦忆湖州旧，楼台画不如。舟从城里过，人在水中居。闭户防惊鹭，开窗便钓鱼。鱼沉犹有雁，不寄一行书。"前数句方言霅城景物，他乡所无也。

贾收字耘老，霅之隐君子也，居城南。东坡作守时，屡过之，题诗画竹于壁间。耘老有诗集行于世。其家临流扃

> 水，阁为浮晖，沈蔚会宗赋《天仙子》词咏其景，首句云“景物因人成胜概”是也。其后屋屡易主。南渡后，胡仔仲任卜居城南，与其故址相近，赋一绝载其事云：“三间小阁贾耘老，一首佳词沈蔚宗。无限当时好风月，如今尽属绩溪翁。”仲任乃待制，号三山老人，贯本歙之绩溪，后家居于苕。仲任著《丛话》，行于世，自号苕溪渔隐。又绘《渔隐图》，赋诗其上。其居今亦不存。余景定壬戌冬，得数椽于城南慈感渡侧，询之故老，云距贾公旧址不远，因作五言八句云：“卜居求静处，喜傍碧溪湾。隔岩高低柳，当轩远近山。天开图画久，人共水云闲。闻说贾耘老，旧曾居此间。”乡人多有和者。(《梅硐诗话》卷上)

水乡与城市的亲近，也暗示着中国文人的一个性格特点，动静不二，寂而常照。一方面卜居求静，闲爱水云；一方面水路求便，交往自由，既可以在独居的日子里涵养身心，又可以在城市的交流中享受人生，表明城市与乡村，并非二元，更是植根于士人生命情调的自由转换。

这就要说到江南水乡的一个缺点。城乡一体，从景观上说，最大的缺点，即我们水乡的石头建筑不多，容易毁坏，而且更重要的是维护不力。到国外看，水岸的古堡、宫殿，城镇，教堂，百态千姿，与优美的自然风景极为和谐，舟行河上，犹如无声的音乐，又如移步换形的天开图画，令人观止！譬如最著名的德国莱茵河谷，在两三个小时的航行中，能看到上百个古堡！尤其是暮色中的航行，古堡的灯火明媚，堡影幢幢，一如童话世界般的迷人。有人说，西方石头建筑居多，而我们是木头建筑居多，所以我们保护不了古迹。这完全不是理由。我们后来才知道，十七世纪下半叶,法国国王路易十四,在占领莱茵河期间,由于仇视德意志历史与文化,下令将莱茵河谷所有的古堡悉数摧毁,然而德国人清楚认识到,建筑文化,是德意志精神的重要部分。因而,当1815年普法战争胜利后,维也纳会议将莱茵河一带划归普鲁士管辖,普鲁士当局花费了几十年的时间,作大计划,重新修复了古堡群。尽管真迹原物,仅有几个,大部分为后来重新修复,但过了一个世纪再看,他们修得及时,修得完整,修得尽心尽力。德国人修旧如旧,下大决心、花大力气维护古迹的精神,令世人为之感动。莱茵河谷早在十多年前,成功申报了世界文化遗产。

(五) 空间的诗学:水乡的空间特色

1. 空间不能与时间分离

往往特定的时间,才可能获得特定的空间的美感经验。大谢写水乡的名句云:

> 昏旦变气候,山水含清晖。清晖能娱人,游子憺忘归。

如何理解“清晖”?《文镜秘府论》有一段话:

> 旦,日出初,河山林嶂涯壁间,宿雾及气霭,皆随日色照着处便开。触物皆发光色者,因雾气湿着处,被日照水光发。至日午,气霭虽尽,阳气正甚,万物蒙蔽,却不堪用。至晓间,气霭未起,阳气稍歇,万物澄净,遥目此乃堪用。至于一物,皆成光色,此时乃堪用思。

这简直就是对大谢名句“昏旦变气候,山水含清晖”的诗学发挥。由此可见,唐人对大谢“清晖”诗学的推崇。以我的经验来说,春天我在杭州上课,每天清晨,柳浪闻莺散步,有时见湖水有乳白色轻纱,对岸的宝俶山,如淡墨轻染,湖山之间,有一种令人着迷的光色。而有时,睡起稍迟,则山是山,路是路,水是水,不复有水墨疏烟意味,这不正是“昏旦变气候”的结果么?“至日午,气霭虽尽,阳气正甚,万物蒙蔽,却不堪用。至晓间,气霭未起,阳气稍歇,万物澄净,遥目此乃堪用”,说的正是这个时辰。大谢诗境,与水乡之诗学之间,分明有重要的待发之覆。值得玩味的是,《文镜秘府论》用一个“万物蒙蔽”,形容中午日光中清楚分明的山水,大有意思。盖特定的时间里,空间成为顽空,山水之神灵没有苏醒,正是一个万物蒙蔽的世界。

2. 空间的形而上意味

这是一个较大的课题,这里只能简单提一下。历代中国诗与画,极富于水乡的形上之思。譬如《蒹葭》,“所谓伊人,在水一方;溯洄从之,道阻且长;溯游从之,宛在水中央”。水横在男女之间,让对方可望而不可求。然而这其中的意味是,因隔阻而孤独,继而产生求之不得的惆怅与忧郁。中国文化的理想性,具有“水乡溯洄”式的特点:主体与客体的关系,是可欲与不可欲的结合;表明了阻隔、召唤、凝聚、孤独的非二元化,即张弛有道的空间美学。

而水乡之美的自然感发力,古人早就发现,具有提振人心的生命哲学意味。如《世说新语》中,“王司州(修龄)至吴兴印渚中看,叹曰:‘非唯使人情开涤,亦觉日月清朗!’以及王子敬云:‘从山阴道上行,山川自相映发,使人应接不暇。若秋冬之际,尤难为怀!’”

清人戴熙深悟水乡与水墨之间的秘密:

> 尝欲以一滴墨汁，化作烟水迷漫，寂寂寥寥，浩浩淼淼，卷舒不定，飘渺无痕，使己得沉酣其际，足以怡魂，足以怿神……

台湾新儒家学者程兆熊，写过一本《论中国之山水：中国山水与性情之教》，提出“盈山川草木间，皆性情之教”的诗学命题。其中颇有形上之思。如第二十五论太湖：

> 游西湖，要能理解着一种“幽寂”。那像是道之泠泠，透入繁华。
>
> 游太湖，要能理解着一种“荒芜”。那像是道之浩浩，别开光景。[①]

由西湖而进入太湖，正好比由宋人意境进入元四家的画意，渐近于道，似有真宰，与之浮沉。近人宗白华，认为元四家的绘画，正体现了宇宙生命情调。[②]

3. 船与桥

水乡多桥多舟。[③]不少学者已经注意到，船与桥，是水乡特有的美。[④]水乡因为有桥，成为与陆地不同的空间；桥的分隔空间，

---

① 程兆熊：《论中国之山水：中国山水与性情之教》，香港鹅湖出版社 1970 年版。

② 宗白华：《美学散步》，上海人民出版社 1981 年版，第 24 页。

③ 以《苏州词典》为例，所收有关“古、近代桥梁”的辞条，多达 376 座。见江洪、朱子南、叶万忠、唐文主编：《苏州词典》，苏州大学出版社 1999 年版。

④ 宗白华最早论及，尤其是提出“音乐化的空间”，极有识见。然只论及窗、帘、屏、栏干、镜，惜乎没有涉及桥与舟的美感经验。见其《中国诗画中所表现的空间意识》，《美学散步》，上海人民出版社 1981 年版，第 106 页。

使小的空间成为可能，也使柔的曲线成为可能，使流动成为可能，小、细、柔、宛曲、透明、飞动、玲珑之美：

插花行理鬓，迁延去复归。虽怜水上影，复恐湿罗衣。临桥看黛色，映渚媚铅晖。不顾春荷动，弥畏小禽飞。（何逊《照水联句》）

雨里鸡鸣一两家，竹溪村路板桥斜。（王建《雨过山村》）

莫问吴趋行乐，酒旗竿倚河桥。（陆龟蒙《和胥口纪事》）

画桥春暖清歌夜，肯信愁肠日九回。（崔橹《春日记事》）

二十四桥明月夜，玉人何处教吹箫。（杜牧《寄杨州韩绰判官》）

酒市茶寮总看场，金风亭子入春凉。俊游改作乌蓬小，蔡十郎桥低不妨。（朱彝尊《鸳鸯湖棹歌》第四十七）

然而桥的意味，更是情感的符号，隔而通，聚而分，使人生的"缘"成为可能，使故事与诗意成为可能。[①]譬如："风声动密竹，水影漾长桥"（何逊），"长桥"是分离的伤心地，"开门白水，侧近桥梁，小姑所居，独处无郎"（《青溪小姑曲》），"桥梁"在这里是隔绝的象征；而"西洲在何处，两桨桥头渡"（《西洲曲》），"西洲"是爱

---

① 李桂奎："从地理意义上讲，江南湖泊遍布，河道纵横，故而被定性为'水乡'。水上交通，无非有二：船与桥。唐代诗人杜荀鹤《送人游吴越》说：'夜市桥边水，春风寺外船。'可见，横跨的'桥'与穿梭的'船'构成一幅幅特有的江南水乡画卷。话本小说的江南品性，突出表现在其空间构架带有鲜明的水乡特点。即使间或触及江北，身居江南的话本小说家们也往往喜欢选择那些'江南化'的风物去写，如东京的'樊楼'、'金明池'，都带有江南'水乡'风味。"见《话本小说时空构架的"江南"特征及其叙事意义》，《南京师大学报》2008 年第 1 期，第 139 页。

情的摇篮，“桥头”在这里，分明意味着分隔的相通、相连。“蹀躞越桥上，河水东西流。上有神仙居，下有西流鱼。行不独自去，三三两两俱。”（《清商曲辞·神弦歌·娇女诗》）桥下是东西分流的河水，桥上是情人相依相系、魂断意连的所在；而“匝栏生暗藓，复板没鱼衣。岸曲斜梁阻，何时香步归”（徐摛《坏桥》），则是以“坏桥”，象征不归的情人。在唐诗中，“桥”的表情，深情缠绵。[①]譬如：

唯有别时今不忘，暮烟秋雨过枫桥。（杜牧《怀吴中冯秀才》）

明月记得相寻处，城锁东风十五桥。（张乔《寄淮阳故人》）

管弦楼上春应在，杨柳桥边人未归。（罗邺《春归》）

“暮烟秋雨过枫桥”之后，就是那条著名的“船”了。张继《枫桥夜泊》云：

月落乌啼霜满天，江枫渔火对愁眠。姑苏城外寒山寺，夜半钟声到客船。

那样小的空间，与那满天清霜、无处不在的乌啼对比；那样的飘泊寂寥，浮在水中的感觉，与悬在空中，叩动人心的钟声相应，响彻的是无边的乡愁。抟虚为实、由放入敛，以及空间的音

① 参见云清芝：《论唐诗中的桥意象》，内蒙古师范大学硕士论文，2009年。该文有统计与分析。

乐化，正是此诗永恒的魅力所在。

水乡生活与人事离不开船。船的叙事意味更浓：空间的紧凑与人情的厚味，相逢的偶然与戏剧的发生，据检索，“三言”、“二拍”以“船”为场景的故事几达110篇。李桂奎探论“三言二拍”中的“船”，“船”场景往往是故事赖以推进的“巧处”。发现叙事的结构往往有三种：(1)情生客舟(话本小说叙说了许多客舟奇缘，以《白蛇传》的故事为典型)；(2)情断船头(船上“沉水”作为破解矛盾的手段，以《杜十娘》的故事为典型)；(3)家破行船(在“船盗”劫财害命，“船”造成许多美满家庭的悲欢离合，以《警世通言·苏知县罗衫再合》、《醒世恒言·蔡瑞虹忍辱报仇》为典型)。[①] 这都充分表明船犹如戏剧中的舞台，紧凑的空间，浓度的情绪，极富于戏剧张力，特别适合有古典三一律特点的人生戏剧的演出。

结　语

布罗代尔(Braudel)说过，地理环境是最核心的历史生命，是最深入的历史内核。黑格尔将地理环境看作是精神的舞台，是历史的“主要的而且必要的基础”，不同的环境会有不同的历史进程。[②]英国历史学家巴克尔(Buckle)的历史学基本框架是：地理、气候条件影响人的生理，生理差异导致人的不同精神和气质，从而有不同的历史进程。现代人文主义地理学的核心概念是“地方”(place)，主要表达地方感、地方认同与地方意象。

---

① 云清芝：《论唐诗中的桥意象》，内蒙古师范大学硕士论文，2009年。
② 黑格尔：《历史哲学》上册，生活·读书·新知三联书店1978年版。

地方感是一种无需说的地缘、地气。地方认同是一种关切与情怀。地方意象则是一些很重要的标志性的风景、风物与人物，是“地方”的象征资本。

从现代人文主义地理学与诗学研究的结合来看，“水乡”的研究大有可为。我们既可以研究“水乡”的通性，也可以一条河一条河地研究，一处一处分别研究不同的水乡所具有的特色与内涵，研究具体的水乡所包含的地方象征资本。每一处水乡，都是蕴含象征资本的富矿。

研究之外，“水乡”还有待于体验、体证。仅以我个人的一篇博文，代为结语：

> 上海往杭州的高铁。时速三百公里，车窗看去，初春的绿野越发缩小了，白墙、青瓦、绿树、小河，流水人家，一晃而过，似乎现代化与城市化的伟力，要将自然与古代，一键删除。然而那蒙蒙柳色与新新青苗，却是挡也挡不住的生机，每年的此时如约而至，肯定、明亮而振奋人心，纵是一瞥也惊艳难舍。世上唯有三样美是不顾一切的，那就是太阳、月亮与春天的绿意。亘古如此、永远不变、无止无休、无怨无悔。
>
> 不止是有课要上，更有充足的理由要暂离上海。首先，幕天席地：魔都里我们看不到山水，看不到天地。冠者五六人、童子六七人，沐乎沂、风乎舞雩，咏而归，这是中国读书人从古到今的情结。其次，反者道之动：我们整天在城市里忙忙碌碌，正如加缪的《西西弗的神话》中所描写的，从周一到周五，人们按照习惯起床、乘公交、上班、吃饭、睡觉……，会不会有一天，突然问问，这是为什么？难道人生就是这样

机械地重复动作么？暂离魔都，就是从旋转的木马上下来，停下来问问。尽管，问完了还是要重新再上木马。

呵，春水碧于天！春来江水绿如蓝，能不忆江南。是江南的水，润泽了记忆，复苏了想象。魔都没有水，一切都那样硬朗、刚强，横平竖直、左撑右架、前阻后隔，而有水就不同：一切的阻隔，都流通了；一切的结构，都不规则了；一切的刚硬，都柔和了。生命总是趋于亲近柔和与温软。更重要的是，没有水就没有影，没有幻相与光影的世界，无味、无色、无思、无幻、无梦。记得两岁的儿子，从西湖大道下车，第一眼看到西湖，欢呼雀跃，脱口而出："四顾山光接水光……"莫非，人的生命原初的意识，人与世界、心与自然，是合在一起的？谁让我们与世界相分？人类向往着山水自然，或是永远的回家的冲动？"处在一个突然之间丧失了幻相与光明的宇宙里，人便自觉是一个异乡人。他的放逐是无可救药的，因为他对故乡的记忆与他对福地的期望都被剥夺了。这种人与生命的离异、演员与舞台的割裂，正是荒谬的感觉。"（《西西弗的神话》）

春水碧于天，画船听雨眠，这是远古的歌，妈妈的催眠曲，声音好熟悉……

从严子陵到黄公望：

富春江的文化意象与富春山居图

缘　起

历来对中国古代美术作品的研究与诠释，几乎完全是美术文献学、艺术史与文物收藏界的专门任务，文学研究的视角向来付之阙如。研究者们的用心所在，无非是真伪的考订、题跋的释读、流传的故事、影响的史实，以及笔法、技术、渊源、风格等。因而对于黄公望《富春山居图》此一杰构之创作由来与艺术成就，其诠释主流，完全是从师法董源观察自然，或从他的《写山水诀》等艺术史创建新士人画命题着眼。[①]2011 年我到台湾客座，第二天即看了故宫山水合璧的特展，观读之后，心中即起一大疑团，黄公望《富春山居图》，莫非是完全孤立于富春江文化传统之外、横空出世的现象？不能说有什么微言大义，然而此一杰构完全没有思想、没有诗性，只是笔法与布置、皴法与墨色，渊源与流派，那又是何等的令人难以置信！因此，我试用诠释学的方法，尝试将此图放在一个更大的概念，即“富春江文

---

① 参见温肇桐编：《黄公望史料》，上海人民美术出版社 1963 年版；张光宾：《元四大家》，台北故宫博物院，1975 年；徐复观：《黄大痴山水长卷的真伪问题》，台湾学生书局 1977 年版；楼秋华：《富春山居图真伪》，浙江大学出版社 2010 年版；何传馨主编：《山水合璧：黄公望与富春山居图特展》，台北故宫博物院，2011 年版。

化意象"之中,[①]将其视为富春江文化意象全幅生命史中一个环节,以大观小,视界融合。本文的真正主旨,并不在于坚执地求得此图的创作真意,而在于拨开湮灭尘封于历史灰烬之中诗文、发掘神龙见首不见尾的《富春山居图》前传,即文学史上富春江意象的深厚内涵,以及此图在诠释史上的意义。

---

① "文化意象"中用以研究贯穿古今;跨越艺术史与文学史、思想史的重要文化经典的一个概念,参见胡晓明:《略论中国文化意象的再生产》,《文艺理论研究》2005年第3期;石守谦:《由文化意象看东亚之形塑》,载石守谦、廖肇亨:《东亚文化意象之形塑》,台北允晨文化2011年版。

上　篇

黄公望《富春山居图》与富春江文学传统可能的联系

试从一个小问题开始讨论:《富春山居图》为何画了三四年或更久的时间?

黄公望《富春山居图》跋,开头几句是:

> 至正七年(1347,时 79 岁——引者注),仆归富春山居,无用师偕往,暇日于南楼写成此卷。兴之所至,不觉亹亹;布置如许,逐旋填札,阅三四载,未得完备。……

首先表明,此画中的山水,必然是富春江的山水。为什么要画富春江?是因为他由外而“归”,他有“山居”(南楼)于此,富春江是“可游可居”的山水。前人论“可游可居”不同于“可行可望”:

> 夫山水虽无定形,而有可行者,有可望者,有可游者,有可居者。凡画至此四者,乃可与言画,岂从绘树描山、写石画水,竟自负称能耶!第可行可望,不如可游可居之为妙。

> 试看真山水，历千百里外，而择可游可居之处，十无二三，而必取可游可居之境，君子所以渴慕林泉者，正谓此也。故画者当以此意造之，而鉴者亦当以此意穷之，庶不失其本意，奚可以为易事乎！①

“可游可居”即做隐士的另一种说法。成书于崇祯四年（1631），朱谋垔的《画史会要》也说黄“后隐于富春”②，夏文彦也肯定地说他“公居富春，领略江山钓滩之概。性颇豪放，袖携纸笔，凡遇景物辄即摹记”③。（《图绘宝鉴》卷五）几种明代的方志也表明黄隐于富春。④我们没有理由怀疑黄大痴画的不是富春江。

大痴此一题跋，在艺术史上的重要意义乃在于：明确将真实

① 郑绩（1813—1874）《梦幻居画学简明》总跋。

② 无用师卷的题跋，出现的时间是顺治九年（1651），远在《画史会要》之后。徐复观也承认朱书在前，但他为证明黄公望没有住过富春江，引余绍宋《书画录解题》，认为《画史会要》由其子有所改订。然而即使如此，也没有理由认为改订者偏偏要加上一句“后隐于富春”，这种推理并不合逻辑。尤其是放弃黄公望自己题跋所提供的事实。参见徐复观：《黄大痴山水长卷的真伪问题》，台湾学生书局1977年版，第157页。

③ 这两条材料均见于《佩文斋画谱》卷五十四画家十，清文渊阁四库全书本。

④ 顾清《（正德）松江府志》（卷一，明正德七年刊本）：“隐杭之筲箕泉，已而归富春。”王鏊《（正德）姑苏志》（卷三，清文渊阁四库全书本），所记相同。徐复观遍考文献，不见黄公望曾隐于桐庐县富春山的记载，因而认为《无用师卷》“归富春山”跋文为伪作的证据。张光宾考证，富阳即古富春，乃一多山的县城，黄公望晚年所归的富春山，乃“富春的山”。本文讨论的“富春江文化意象”，不是一个地理概念，而是一个以富春江和严子陵为中心的文化概念。因而即使黄公望不曾隐于具体的桐庐县富春山，只要他画了富春江，也画了隐者，就仍然构成了宽泛的富春江文化意象。见张光宾《黄公望是否居住过富阳问题：读徐复观先生〈黄大痴两山水长卷的真伪问题〉》，载氏著《元朝书画史研究论集》（故宫丛刊甲种之十四），台北故宫博物院1979年版。

具体的地名(山名、水名)标明实景山水画作品。在此之前,宋人实景山水画罕有此法。因而,变宋人游览与观赏之山水,而为元人居住与家园之山水,山水开始有了精神皈依的意味。

因而居住在富春江,只是画富春江的第一个理由。“君子所以渴慕林泉者”,表明中国画的核心价值,其实通于中国文化的核心价值。因此,这幅图卷被后人自然而然命名为《富春山居图》的理由,不仅简单表明了画家的居住环境,而且更表明了画家的心灵皈依。富春江值得画,有深厚的内涵,才是更重要的理由。由此,我们可进而再论,为什么大痴画这幅画,竟然画了三四年仍未完备。[①]按常识,传统山水画是用毛笔在宣纸上作画,不可能画得很慢很细,毕竟不是油画。虽然,山水画的创作,亦有“十日得一山,五日画一水,能事不受相促迫”的从容,然而此画既是“兴之所至,不觉亹亹”,为了保存“兴”的新鲜活跃与意象葱茏,往往也可能在不太长的时间内就完成。画家也分明说当时就已经“写成此卷”。但是为什么最后的完成,竟拖至三四年之后,这仍是一个创作之谜。我以为,黄氏跋中所云“盖因留在山中,而云游在外故尔”,只是一个表面的原因。“阅三四年,未得完备”,或表明他在此三四年中,也曾回去画过;他为无用师写跋时,此画仍未完成。画家不仅以此来强调意象经营之真诚与勤勉,不仅以此强调“云游”在富春江一带,更重要的是,画家作画的过程,几乎看作一种修行的过程,与富春江对话与交流的丰富体验。倘若了解黄公望心目中的“富春江”,实不仅是一条普普

---

① 据原跋,三四年尚未完备。至正七年归居富春,十年题跋,言“早晚得暇当为着笔”。今人从技术上分析,也证明了这幅画是不同时间里完成的。参见《山水合璧:黄公望富春山居图特展·导论》,台北故宫博物院 2011 年版,第 25 页。

通通的江水，而是一条极富有意味的江水，①他在构思这幅画的时候，一定有长时间沉潜反复，从容含玩的准备，有着“袖携纸笔，凡遇景物辄即摹记”的长久过程，不断寻找着最理想的表达方式，那么，三四年的素材收集与意象经营，就不是不可能的了；而在意象经营的过程中，有关富春江的诸多传说、人物、诗文与意象，不可能不进入画家脑海。倘若理解了此要义，也就更能理解《富春山居图》与富春江的文化传统之间，不能没有一点联系。

由此可以论黄公望此图与富春江文学传统有联系的其他证据。

（一）黄公望跋张雨藏钱选《浮玉山居图》（今藏上海博物馆）

张雨是晚黄公望一辈的全真道友。②也是重要的诗人、书画家。“贞居”是他斋号。张雨收得钱选《浮玉山居图》卷，并次钱选韵题五言一首，黄公望观赏此图，以一种敬重的心情，写下题跋：

> 霅溪翁吴兴硕学，其于经史贯串于胸中，时人莫之知也。独与敖君善，讲明酬酢，咸诣理奥，而赵文敏公尝师之，不特师其画，至于古今事物之外。又深于音律之学，其人品之高如此，而世间往往以画史称之，是特其游戏而遂掩其学。今观贞居所藏此卷，并题诗其上，诗与画称，知诗者乃知其画矣。至正八年（1348）九月八日，大痴学人黄公望稽

① 用今人的话来说，不仅是一条自然的山水，而且是一幅“文本化的山水”。经年累积于其上的文本内涵，也是富春江的意味的组成部分。

② 张雨（1283—1350），是黄公望晚年“晚景相同，信仰情操亦接近”，最为“情深意洽”的友人。参见张光宾：《元儒仙句曲外史张雨生平考述》，载氏著《元朝书画史研究论集》（故宫丛刊甲种之十四），台北故宫博物院1979年版。

首敬题。时年八袠。

这里，尤可注意的是题跋的时间，以及所题画的名称。时间即1348年，这正是黄公望“兴之所至”，“写成”富春山居图的后一年，也是他未能最后完成而苦心经营意象的“三四年”中的一年。而所题钱选画卷，亦名《山居图》。题跋时间如此接近、所题之画如此相同，不免使人自然联想到：钱的《山居图》与黄的《山居图》，是否心灵相通？即理解他的画的关键线索，是否隐含在这一题跋之中？换言之，如何读此《山居图》，即如何读彼《山居图》。由此可论题跋的三个关键。

一是赵文敏公即赵孟頫，黄公望曾师从赵孟頫，自称“松雪庵中小学生”，而赵氏师事钱选，这里分明有一个艺术史的师承谱系。

二是明明白白说出解读的线索在画外：“世间往往以画史称之，是特其游戏而遂掩其所学。”指出要真正理解钱选的画，要知道其绘画之外人品，以及古今事物之外的学养。我们看黄公望自己其实也正是这样的人，他的学养人品也为其画名所掩，正如沈周的题跋所说，“大痴黄翁在胜国时，以山水驰声东南。其博学惜为画所掩。所至三教之人，杂然问难，翁论辩其间，风神竦逸”。所以，这里不是一般的夫子自道，而更是开示作品解读的正途。黄大痴仿佛已经预先知道了八百年后的专家们，会津津乐道地争论这是董源笔意，这是雪松家法，而暗示聪明的读画人要跳到画外去理解他。

三是明白说出诗与画的重要联系：“诗与画称，知诗者亦知其画矣。”这里的“诗”，当然包含钱选的自题诗与张雨的次韵诗。钱选诗云：

瞻彼南山岑，白云何翩翩。下有幽栖人，啸歌乐徂年。蘩石映清沘，嘉木澹芳研。日月无终极，陵谷从变迁。神襟轶寥廓，兴寄挥五弦。尘影一以绝，招隐奚足言。

钱选入元之后，毅然放弃士人阶级身份，拒绝异族统治安排的儒户的赋役优待，隐居于家乡吴兴作一职业画家。从“陵谷从变迁”与“招隐奚足言”二句，似可隐约可知其中暗藏的易代的消息，以及画家决然不赴招的意态。因此《浮玉山居图》有较明显的文学意味，即以画明志，表彰与朝廷不合作的隐逸者。比张雨时间更前，山居图上另一题跋，即仇远的题跋，有“仿佛桐卢（庐）山中隐所”一句，我们似也由此可知同时的鉴画者亦将其联想到严子陵。张雨次韵诗的前四句云：

秋风动岩树，归鸟何其翩。我思岩中人，可以乐忘年。

分明是认同画中所表现的时局变易，隐居逍遥的画家之志。黄公望说“诗与画称，知诗者亦知其画矣”，分明将钱选《山居图》视为犹如以诗言志一样的作品。从方法上来说，这自然是诗画合一的诠释传统；从宗旨上来说，诠释的线索指向严子陵，而严子陵正是富春江文学传统的核心人物。尽管钱选只是隐于家乡吴兴，从诗歌的传统上来理解，不妨联想到“桐卢（庐）山中”的隐者。因此，黄公望的“诗与画称”一语中，就必然埋下了“桐卢（庐）山中隐者”这一把打开他的山居图主旨的锁钥。

试从反面想：黄公望的也是《山居图》，而且是正在苦心经营未完成之作，黄公望在同一创作时间、针对同题的作品所说的“诗与画称”、人品学养重于画艺，这样的解读，竟然完全与自己无关，你是你，我是我，你是画以明志，而我只是笔墨游戏，此似不符合古人思想与行事的逻辑。

前人对黄公望的评论中，亦有从“诗画合一”的角度来论述的，如《芥舟学画编》卷二《山水·避俗》云：

> 或曰：画直一艺耳，乃同于身心性命之学，不亦难哉？曰：天下实同此一理。画虽艺事，古人原借以为陶淑心性之具，与诗实同用也。故长于挥洒者，可资吟咏；妙于赋物者；易于传写。即如丹家炼形之道，亦是假外丹以征内象，所谓外丹成即内丹成也。明此理以作画，自然出风入雅，轶俗超凡，不仅玩物适情已也。试观古之作者，如郭恕先、黄子久、方从义，相传皆属仙流，虽不足据，要非凡品可知。夫品诣若此，尚何区区存雅去俗为哉。（沈宗骞《芥舟学画编》）

因此，可以将黄公望题钱选《浮玉山居图》视为《富春山居图》的导读之一。

（二）黄公望诗文的参证

黄公望的诗集据《南宋院画录》载有所谓《大痴道人集》，但此集在明代可能就散佚了；黄虞稷的《千顷堂书目》只载其《画山水诀》。但顾嗣立《元诗选》收有他的诗歌二十余首。其中与隐者有关的题画诗不少，如：

> 漠漠江天吴楚分，几重树色几重云。客心已逐归帆好，谁道溪边有隐君。（《夏珪晴江归棹图》，《大痴道人集》，见载于《南宋院画录》）

> 雨霁云仍碧，天高气且清。霜枫红欲尽，涧瀑落长鸣。岫岭苍茫景，江湖浩荡情。应知卧云者，奚尚避秦名。（《王晋卿万壑秋云图》，《御定历代题画诗类》卷一）
>
> 碌碌黄尘奔竞涂，何如画里转生孤。恕先原是蓬山客，一段深情世却无。（《郭忠恕仙峰春色图》四首，《御定历代题画诗类》卷七）
>
> 我识扁舟垂钓人，旧家江南红叶村。（《王摩诘春溪捕鱼图》，《御定历代题画诗类》卷六十七）
>
> 鲩石矶头宿雨晴，蛟峰祠下树冥冥。一江春水浮官绿，千里归舟载客星。（《元诗选·方方壶画》）

其中提到夷齐、陶潜等，但是最后两首，与严子陵较有关系。然而这只能泛泛说明，画与诗在“隐者”这一点上，是相通的。这在山水画传统中，并没有什么特别之处。此外，清人录有其诗并序云：

> “坐纶磴石竿，意岂在鱼跃。行忘溪桥远，奚顾穿草屐。”此富春山之别径也。予向构一堂于其间，每春秋时焚香煮茗，游焉息焉。当晨岚夕照，月户雨窗，登眺，或凭栏，不知身世在尘寰矣。额曰“小洞天”。

诗歌分明是写严子陵的。孔广陶更似乎看到过这幅《富春别径图》，他用严子陵的典故表彰说：“观斯图想见先生之风，其亦山高水长者耶。”（《岳雪楼书画录》卷一，清咸丰十一年刻本）但是这件作品以及诗，并不能保证出于黄公望的手笔。

如果要深入了解黄公望的创作心态，同时代其他人的描述值得再论。[1]

(三) 杨载诗对黄公望人品学养的描述

杨载(仲弘,1271—1323)唱和诗是了解黄公望思想心灵的重要文献。1316 年,黄公望四十七岁,从京官的地位被诬陷下狱,不久出狱之后,与友人翰林杨载有唱和之作,其一略云:

> 秉心存正道,造膝待嘉谋。履直恒如矢,防偏或类舟。第夸翻竹简,不省计牙筹。善对惭鸣鹤,能歌愧饭牛。(杨载《次韵黄子久喜晴三十韵呈汪知府》)

这里值得注意的是对黄公望狂者人格的描述。狂者进取:"造膝待嘉谋",是说他有一肚子策论与谋略,等待着明主的知赏。"善对"、"能歌",都是从他的用世才华来描写他的。这当然是学画以前的黄公望,虽然这时已历经人生中最大的劫难,但他过人的英雄气依然未泯。另一首更完整呈现了黄公望的心灵世界:

> 自惟明似镜,何用曲如钩?未获唐臣荐,徒遭汉吏收。悠然安性命,复此纵歌讴。石父能无辱[2],虞卿即有愁[3]。归田终寂寂,行世且浮浮。不假侪群彦,真堪客五侯。
>
> 高人求替洽,末俗避喧啾。藜杖常他适,绳枢每自缪。与人殊用舍,在己寡愆尤。济济违班列,依依远匹俦。能诗

① 张光宾《元四大家》中曾经引用过下面杨载的这首诗,但没有作分析,见《元四大家》,台湾故宫博物院 1984 年版,第 12 页。

② 石父,晏子的门客,不受重视,以为辱。

③ 虞卿,穷愁著书,著有《虞氏春秋》。

齐杜甫,分道逼庄周,达饮千钟酒,高登百尺楼。艰危仍蜀道,留滞复荆州。

鹤度烟霄阔,龙吟雾雨稠。东行观海岛,西逝涉江流。自拟需于血,何期涣有丘?古书尝历览,大药岂难求?抚事吟《梁父》,驰田赋《远游》。堂名希莫莫,亭扁效休休。槛日迎东济,窗风背北飕。鸣琴消永昼,吹律效清秋。雅俗居然别,仙凡迥不侔。多闻逾束晳,善对迈杨修。尽有匡时略,宁无切己忧。尘埃深灭迹,霜雪暗盈头。始见神龟梦,终营狡兔谋。雪埋东郭履,月满太湖舟。急景谁推毂,流年孰唱筹。凌波乘赤鲤,望气候青牛。好结飞霞佩,胡为淹此留。(《再用韵赠黄子久》,杨载《杨仲弘集》诗卷四五,四部丛刊景明嘉靖本)

此诗更详细地写出了黄公望英雄失路,托足无门的悲哀。全诗可分为三段。第一段写他的遭遇与反应。无论是做小吏(石父),还是做大官(虞卿),都避免不了受侮辱的命运。子久了然于此,固无意于求功,然他却也不是一个自甘寂寞的自了汉。"高人求替洽,末俗避喧啾",杨载意谓子久是主动追求生命和谐之人,而不是一个消极避世之人。子久虽然根本无意于当世求名(不假侪群彦),但是他的不可一世的英雄气质还是挡不住的(真堪客五侯)。第三段写他超世的精神及其坎陷。尤其是他那种宇宙生命的豪情:"鹤度烟霄阔,龙吟雾雨稠。东行观海岛,西逝涉江流。"从他的生命气质来说,如飞鹤一般的高蹈远举,如潜龙一般的厚重沉稳,其超越的心灵非此世可以留驻。我们看大痴的一段著名佚事:

尝终日在荒山乱石丛木深篠中坐，意态忽忽，每往泖中通海处，看激流轰浪，虽风雨骤至，水怪悲咤不顾。杨铁厓谓子久诗宗晚唐，画独追关仝，其据梧隐几，若忘身世。盖游方之外，非世俗所能知也。(《元诗选》黄公望诗小序)

接下来杨载记录了大痴当时用《周易》以自卜吉凶的一个卦象：

自拟需于血，何期涣有丘？

这条材料很珍贵。可以说是留下一幅心理自画像。《正义》曰："需于血，……犹待时于难中也。"又："于散难之中，有丘墟未平之虑，为其所思，故曰'涣有丘，匪夷所思'也。"案，子久"自拟"其生命处于阳气上进与阴气阻塞的困境，两相妨害，根本不能期望有顺平安宁之日。于此一幅卦象，我们可以想见他对自家命运的大判断：一方面是创造的力量极强，一方面又是各种限制与否定的力量太大，只得压抑隐忍而已。这表明他的生命有一种阳气向上与阴气向下的根本困境，无法解脱。①从他的存在感受来说，既富于老杜之悲歌慷慨，亦兼有庄周之逍遥独化，两者不

---

① "自拟"二句：《周易》："六四：需于血，出自穴。"《正义》曰："'需于血'者，谓阴阳相伤，故有血也。九三之阳而欲上进，此六四之阴而塞其路，两相妨害，故称血。言待时于血，犹待时于难中也。"又："六四：……涣有丘，匪夷所思。"《正义》曰："于散难之中，有丘墟未平之虑，为其所思，故曰'涣有丘，匪夷所思'也。"(《周易正义》上经《需》传卷二)明案，子久自认生命处于阳气上进与阴气阻塞的困境，两相妨害，我们可以理解为他对自己的命运的大判断：一方面是创造与表达的力量很强，一方面又是各种限制与否定的力量太强，只得压抑隐忍而已。

可调和。第三段表明，基于大痴的命义，杨氏最后还是劝他深山隐居做道士。他认为，子久是当今罕有的大才，但这种才很可能于自己不利，然而子久实在不必求有用于此世，当珍爱自身有一种超越此世的生命美质，不必去适应于他的时代，完全可以去做道士追求自由的生命境界。

这首诗透露了黄公望心中的重要信息。我们可以借此了解，黄公望五十岁前，其心理有两种相互缠系而无法化解的冲突：一是超越远举的宇宙情怀与悲歌慷慨的用世才能之间的冲突；一是不可一世的用世之才与不可消解的命运之劫之间的冲突。①某种意义上，五十岁之后的绘画生涯之新开展，其实正是为了解决他生命中不可化解的冲突的一种抉择。而富春江这这一美丽的江水，因为有历代诗人墨客路过、寓留或想象，皆反复吟咏严子陵故事而成为文化意象，成为一条有关士人安身立命而富于身份焦虑的特殊江水，因而，面对"富春江"即面对士之命运符咒，某种意义上，其晚年杰构《富春山居图》，既是艺术史上经董源巨然而来瓜熟蒂落的重大成果，亦不妨可视为画家不期然而然，在求索的道路上终于修成的生命正果。由此而可论及此作与富春江意象相关的第三个证据。

(四)《富春山居图》中的渔樵意象

此图中有士人、渔父和樵子。其实在中国画中，此种分别是不重要的。这都是士人在不同生命阶段的"化身"。②

---

① 戴表元《黄公望画像赞》亦云："身有百世之忧，家无担石之乐；盖其达似晋宋酒徒，侠似燕赵剑客。至于风雨寒门，呻吟盘礴，欲援笔而着书，又将为齐鲁之学也。"亦可参。(《青浦县志》黄公望条，明万历刊本)

② 郑绩《梦幻居学画简明》总跋："虽有渔樵耕织，人品不同，……究不外人之一生变生态度云耳。"

樵子

士人

渔父一、二

渔父三

渔父四

富春江文学传统中核心的人物，即严光，是中国历史上最重要的钓者；而富春江上的钓台，也是历代文本化山水中，最重要的钓台。但是，写到富春江的诗歌，几乎没有不写到严子陵和钓台，则不等于说，《富春山居图》中的渔樵，画的就一定是写严子陵。中国山水画有渔夫樵子，则是极其常见普通的事情；而且，画家写意，绝不可能将山水画中的人物，指实为某某人。因此，不能简单认为，《富春山居图》出现了"渔樵"，就是写了严子陵的故事。

但是，有趣的是，黄公望的《画山水诀》，很奇怪地解释了一个有关水的名词：濑，《画山水诀》"画水"云：

> 山下有水潭，谓之濑，画此甚有生意。

江南的水名，有很丰富的名词，[①]但黄公望其他什么都没有说。而且，“画水”一共只有两条，这句话就占了一条。这很容易让人联想到严陵濑、子陵濑、七里濑。毕竟，这个水名太有名了。

因此，换一个角度想，由于富春江严子陵故事的文学影响力太强，黄公望心目中如果没有这个文学传统的影响，则几乎是不可想象的事情。我们不妨认为，《山居图》中的渔樵，与“文本化山水”富春江中的“渔樵”，是二而一，即易于相互指涉、相互联想的关系；“渔樵”，正是他们共同享有的重要文化符号。因此，很自然，后人在有关《富春山居图》的题跋中，不约而同地，仿佛解读一样，常常提到严子陵及其相关的词语。先来看有关《富春大岭图》的题跋，[②]譬如：

黄公手比愚公强，富春移来咫尺长。子陵之居在何处，千载烟云长渺茫。（祝允明《题富春大岭图》）

高台兀峙千尺强，清滩去此七里长。一路绿萝悬倒影，鲥鱼不上水茫茫。（吴锡麟《题富春大岭图》）

泖塘卜筑严陵客，富春正筑南楼墨。（翁方纲《题富春大岭图》）

我舟昔泛严滩曲，今见富春大岭图。（王拯《题富春大岭图》）

---

① 以苏州为例，仅与水有关的地名，除了江、河、溪、湖之外，还有荡、塘、漾、浜、潭、荡、浦、港、泾等。

② 张光宾认为《富春大岭图》为黄公望1347年以前的作品，或忠实临本。又有论者根据明清人著录，认为《富春大岭图》与《富春山居图》，实为同一作品。参见《山水合璧》，第311页。

再如有关《富春山居图》仿本和黄公望其他作品的题跋：

富春江上山苍苍，富春山下水泱泱。桐庐钟秀无严子，七里至今亦寻常。汉代英豪网罗遍，羊裘坐钓心何恋。品高人重先生风，凛然介节还如见。江干胜迹凭登临，钓台高处泷中深，绣岭锦峰堪作绘，名流泼墨纷成林。老笔独推黄子久，峭削层峦叠水口。人村散布木萧疏，舒卷白云心应手。田叔风流摹大痴，毫端是否不差池。挥洒江山涵一气，夕阳桥外欲神驰。复水重山看不已，置身真境无殊矣。何时舟过严陵滩，饮取十九泉中水。（沈景运《题蓝田叔仿黄子久富春山图卷》，《浮春阁诗集》卷一，清乾隆五十四年刻本）

富春江水晴溶溶，富春山色青茸茸。大痴痴坐山水窟，渲染暖翠浮岚峰。董源墨法是初祖，淋漓元气堆心胸。孤茅山顶奏琴筑，跳珠溅玉相撞舂。欲起不起云窈窕，高低远近千芙蓉。气融墨化真宰睹，但有春末无深冬。吴兴一生为低首，远山樵径布置工。当时倪范尚迂缓，洎乎近代谁希踪。何人千金买匹练，想见供养烟云丰。菰芦风雨钓台下，可许鸡犬扁舟从？（吴俊《题黄一峰浮岚暖翠图》，《荣性堂集》卷一古今体诗，清嘉庆刻本）

粉本大痴山，高风子陵里。玉圃积琼葩，不数孤山美。（叶绍本《富春梅隐》，《白鹤山房诗钞》卷十七，清道光七年本）

浙东山水随处好，我于富春最神往。此图本出大痴笔，绝代丹青世无两。……月黑枫林走夔魍，大泽羊裘不知处。钓台水急鱼跳网，此意知君画不得。（民国金城仿黄公望《富春山居图》）

我们看乾隆在子明卷《富春山居图》题跋，也有这样的联想。

> 自富阳至桐庐，胜甲浙右。子陵高风，与山水同远。(丙戌，1766)
>
> 癸卯(1783)冬初，自盛京谒陵，回跸至夷齐庙，俯仰山川，清风斯在。悠然有会于子陵桐江之间。因书此卷。以志一时。

由此可见，将《富春山居图》与富春文学传统相联系，不是我们今天的新发明，古人正是这样鉴画的。表明伟大的艺术家、普通的诗人、收藏家甚至异族统治者的皇帝，都与此一大文化心灵相通。然而现代艺术史家与收藏界的主流解读却完全撇开了此一传统。

再回到此图中的渔樵人物，蒋勋有一个有趣的说法，图卷的一头一尾，有两个人物，开头的一人策杖过桥，结尾的一人也是扶杖过桥，但是二人的方向却相反，一人向左，一人向右。(见图)

蒋勋认为,这是一个有意味的循环。笔者认为,这不必有什么深意。中国画不主张太复杂的象征意义。但我由此而联想到黄公望的名字,不妨另下一解。一般人都过于相信志书与画史上所说他的父亲"九十得子","黄公望子久矣",以得名。然而,班固《汉书》颜师古注云:

> 师古曰:望,谓太公望,即吕尚也。钓于渭水。文王将出猎,卜之,曰:所得非龙、非螭、非豹、非罴,乃帝王之辅。果遇吕尚于渭阳,与语,大悦,曰:吾太公望子久矣!故号曰太公望。(班固《汉书》卷一百上颜师古注)

这是一个极其普通的典故,黄公望的父亲为他取名,不可不知;为什么志书与画史皆不提?细思之,太公望著《六韬》,"多兵权与奇计,故后世之言兵及周之阴权皆宗太公为本"(《史记》);又,太公望不是一般的帝王师,而是助文武夺取天下的人物,此种身份，恐怕完全不合于蒙元统治时期的一般汉族读书士子之人生规划，或因此而易于遭忌受害，故一般人缄口不提，或代以九十老父之说，就合理自然了。然而，黄公望之得名，其父必知《汉书》此典，因而赋此名也必有重大期望，则是可能肯定的。而公望一生，亦从辅佐帝王之钓者，转而为崇尚离心之钓者，决然在《山居图》中，借渔人开头与结尾都循环而行，自成一个独立自足的世界，这或不是偶然。前人写富春江有诗云：

> 太公严子陵，皤然两渔人。文王尚西伯，光皇已中兴。太公所以竟卷饵，子陵所以归垂纶。趋向固异辙，出处同一心。当日遭逢傥易地，两翁亦必随时而屈伸。钓台高兮渭水清，或隐或显俱彰千古名。（赵汝鐩《出处辞》）

这种和稀泥的说法肯定为黄公望所不取。我怀疑黄公望的父亲“望子久矣”的说法，是画家自己制造出来的烟幕：他决然否定了他的名字中渭水滨的那个渔人，而选择了富春江中的另一个渔人。于是，我们由此可以再论，为什么另一个钓者有如此大的魅力，以及黄公望竟然在其中修改了什么，加进了什么？

下　篇

一　富春江的文本化山水与肉身化的文本

“文本化山水”(The Textual Landscape),是近来文学研究借助人文地理学有关“地方”(Place)作为一种新认知方式而来的概念。强调空间中的历史记忆的积淀,重视山水自然中所注入、传承、不断经典化的人文内涵。[①]富春江虽然不长,但在中国文学中历史记忆中却很长,文献资源多,经典化分量甚重。其中的历史内涵层次如何?有什么变化?山水与人的相互影响如何?皆有待于再认。以下是几项重点的简单提示。

1. 地理与人物传奇

富春江又名桐江。从桐庐至梅城这一段的山势陡峭,群山如黛,江面狭窄曲折,碧波荡漾,水清见底,前人有诗云:“三吴行尽千山水,犹道桐庐景最清。”有文云:“风烟俱净,天山共色。从流飘荡,任意东西。自富阳至桐庐一百许里,奇山异水,天下独

① 参见宇文所安:《他山的石头记》,田晓菲译,江苏人民出版社 2003 年版;郑毓瑜:《文本风景:自我与空间的相互定义》,台北麦田出版 2005 年版;陈钰:《唐人行旅路线中的文化史》,《华学(第九、十合辑)》第六卷,上海古籍出版社 2008 年版。本文要强调的是,“文本化的山水”其实同时也是“人格化的山水”。尤其是富春江更是如此。

绝。"(《与宋元思书》)最美的一段名七里滩，全长约二十二公里，又名七里泷、严陵濑，或严滩、子陵滩。自古即以"山青、水清、史悠、境幽"为山水特色。又由于富春江沿线是古代浙中、皖南士人离乡求仕和官员赴任睦州、婺州、衢州诸府的必经之途。古代交通不便，且浙中多山，欲免除迂回攀爬的艰辛，便捷舒适的水路自然是首选。因此而历代歌咏不绝。

在文献中，尤其是诗文中，富春江常常与严陵濑相互代借。[①]其原因即是《史记》与《后汉书》对严光的记载中有"乃耕于富春山，后人名其钓处为严陵濑"一句。严子陵是东汉的一个高士，汉光武帝的少年朋友。最令人惊奇的传说，是当光武帝邀约他到朝廷里做高官时，他不仅拒绝了，而且睡觉时还把脚放在皇帝的肚子上。后来此地从宋代到清代，又称作"严州"。唐以前就有一座钓台，成为中国文学与历史上最有名的一个钓台。可以说，严子陵的故事，是历代有关富春江最为悠久的"意识形态"。

2. 自然美的发现：谢灵运和沈约

谢灵运与沈约旅行时经过富春江严陵滩写下的不朽诗篇，代表了东晋以还最重要的美学创造，即对自然美的发现。如果说，严子陵的故事还只是一个模糊抽象的人物，而正是谢沈的山水诗，使他清晰起来，化身自然，变成"人格化山水"最重要的起源。由于谢沈二人在中国山水诗传统中不可代替的地位，后代数不清的富春江行旅诗，某种程度上，都是向他们的敬礼。

---

① 文献不胜举。只要在中国基本古籍数据库中，输入"富春江＋严陵濑/严滩/子陵濑"，就是有近百个检索结果。表明在古人心目中，从文学的角度看，这两个地名是常常可以互用的。至于最早的记载中说他耕于富春山，后来为什么又说钓于富春江或严陵濑，这都是后人的传写、增饰，很难求真相，但有个重要的美学意义，或耕或钓，即由此而更加强了"山"与"水"的联系。

盛唐诗人孟浩然与李白对此亦有不可低估的贡献。孟浩然《经七里滩》诗,“挥手弄潺湲,从兹洗尘虑”,富春江的明净奇景,净化了诗人的心胸,使他产生了归隐山水的愿望。李白名诗“清溪清我心,水色异诸水”,更是诗人壮游的生命历程中,终于找到的止泊身心的灵境。

3. 日常生活化的“文本”:方干的实践

除了文本化的“山水”,其实还有生活化的“文本”。严陵台东南三公里处有一名为“芦茨村”的地方,是唐末诗人方干的故居。方干是一名儒释道兼修之士,与僧道人士多有交往,曾谓“闲言说知己,半是学禅人”,他弃簪组,厌轩冕,恋烟萝、玩美景,诗思入玄。对名利看得很透彻,他最后在此地以渔樵终老。成为以亲身实践爱此山水,化身为自然的诗人。芦茨村又被称为白云村,后来此村庄中方氏后裔曾有十八人中第进士,所以又叫进士村。富春江民风古朴儒雅,文化积淀深厚由此可见,而中国文化诗礼传家、崇尚人文的民族特点,亦可以由此证明。白云村的例子,表明了在富春江流域,很早以前,渔樵传统是如何日常生活化,而不只是文本上的符号。

4. 德性之尊:《严子陵先生祠堂》

道成肉身,真正的落实,是到了宋代范仲淹典守睦州之时。自范仲淹于严光渔钓地设像建祠表彰其人格风范以来,严子陵遂成为一代士人之人格典范,影响扩及华夏。王禹偁《建溪处士赠大理评事柳府君墓碑铭》云:“唐时宦游之士,率以东南为善地,每刺一郡,殿一邦,必留其宗属子孙,占藉于治所,盖以山泉石之秀异也,至今吴越士人,多唐之旧族耳。”移民南方的士族需要自己凝聚人心的精神偶像。严子陵的认同作用,有力促进了北方士族的南迁与南方民风的文明化。

尤其是宋代士人思想之活跃，士人不仅常将严陵与其渔钓之地如钓台、西台、七里濑等化而为士人之精神偶像和道德殿堂，而且化而为思想讨论的学堂。

5. 家国之痛：《西台恸哭记》

宋末遗民诗人谢翱《西台恸哭记》和《游钓台》、《西台哭所思》二诗以子陵喻指文山先生、抒写切肤苦痛，赋予子陵不屈从政治权势的人格精神，发挥其以鼎系文之大义。①从此，壁立千仞之钓台成为民族气节的象征；谢翱及其富春江诗成为抵抗运动的记忆资源，而"西台恸哭"，后来更成为明末清初遗民心态中最常见的秘传符号。钱谦益、黄宗羲、王夫之、张煌言、杜浚、函可、顾梦游、徐增、阎尔梅等诗人，都用过这个意象。而晚清民初时期，面临种族革命与政治革命，此一意象又再度复活，成为时代最重要的文学精神之一。②

---

① 参见谢翱《晞发集》中《西台恸哭记注》及注后附录；方凤《存雅堂遗稿》卷三《跋谢翱西台恸哭记》。

② 兹引民国的严子陵诗歌意象如下。陈曾寿 1917 年《三月二十一日雨中奉母游七里泷》："天然大青绿，画稿芰荒寒。我来春雨中，白云正未闲。连环销碧流，上扃白玉关。蒙蒙入瓮底，舟外无人寰。至人道非一，或潜或在天。动静偶殊迹，精诚原往返。事业一竿重，黾勉无穷年。徒然诧高隐，安窥龙德全。我愧介推风，奉母乐清涟。夷犹更何事，饭香篷底烟。"

此时，陈曾寿正在杭州里西湖之陈庄奉母隐居，其地在蒋庄（即后来马一浮居所）之南侧，今已不存。这首诗中着重在隐逸，偏重东台（东台乃严光垂钓处），偏重严光。

1917 年五月，陈曾寿与沈曾植等人北上，参与张勋复辟。失败后南下，重回杭州。沈曾植重回上海。此次复辟不成，对陈、沈打击很大，心迹见于诗作。

1917 年九月二十九日，陈三立、俞明震、谢凤孙、陈曾寿、陈曾寿三弟陈曾矩同游七里泷。

陈曾寿有诗《九月二十九日同散原觚庵复园絜先游七里泷》："朝发山阴暮富春，扁舟事业未因循。碧山红树可千里，故态狂奴能几人？妖乱久应（转下页）

对于我们讨论的《富春山居图》，这一丰富复杂层累生成的意象，至少有两个重要性。其一，黄公望与他的道友无用师偕归的“富春山居”，绝非仅仅是一座单纯的别业，周围只是纯粹而美好的自然环境，而是回响着不同类型的声音，弥漫着历史时代的气息、飘浮着诗性色彩的一大符号系统；而黄公望“兴之所至”的“感兴”模式，也绝非只是物我交融、情景相生的一般创作心理，“山”不是山，“水”不是水，而是被早先的感知方式与文化心理所塑造的兴感活动，伟大画家或有可能多多少少摆脱这些纷纭纠缠与意义影响。其二，《富春山居图》产生之后，又开始了自己的

(接上页)腰领绝，沧浪忽照鬓毛新。遁亡东海情何极，重上西台意未驯。”

陈三立有诗《同石钦仁先絜先恪士寻富春山水宿桐庐逆旅明日易小舸上溯七里泷登钓台复还抵桐庐宿焉赋纪三首》：

“初闻湖上踪，竟媚江干景。薄江千万峰，灵奇出人境。掩晕翔烟笼，染黛纤茸整。历历开画图，霏霏散绮锦。红树衔青波，缥缈蓬莱影。手揽狎篷背，摩荡天机永。百里造仙都，馆夜吟魂警。恍立浙西翁（袁中节昶，桐庐人），揖客相与饮。嬗代为鬼雄，忍对怒生瘿。照窗桐君山，微冷压衾枕。”

“移舠翼长风，晓翠浮衔杯。买鳊具一饭，隽味翘鲙材。坐接秀岭重，澄江萦且回。耸霄螺旋门，眩转沿曲隈。山腹映微点，屡瞥烦惊猜。钓台列东西，造化故安排。穷磴跻遗基，但咽天风来。传壑啼画眉，晴漪鸥鸟开。严公写所乐，谢生声其哀。变灭区中事，悠悠负我怀。趺石平如案，题字残莓苔。悬影万象旁，冥会以徘徊。”

“投筇下绝壁，酸胫憩祠屋。残阳有归舟，延颈恋幽躅。暝霭破星芒，岩峦逾簇簇。中流遮神飚，肌肤寒起栗。釜漏不可炊，战齿且瞑目。二子橐驼坐（谓石钦、仁先），哦句出饥腹。吾曹天所遗，泪许波涛续。依稀恸哭记，骑鱼水仙读。就托灯火楼，呼觞问糜粥。卧数汗漫游，江白梦犹绿。”

俞明震有《和散原游桐庐至七里泷钓台作次原韵》：

“独昵近湖山，几失烟江景。孤篷与鹭争，渐入桐庐境。衔江接红树，斜斜复整整。云光淡相染，天无成古锦。山水无定形，奇变出心影。未成浮海愿，弥觉天机永。暮傍桐君山，旅夜抱虚警。相逢莫问名，（夜有警兵诘姓名）出世先止饮。烟波有戒心，身世成悬瘿。不见披裘人，渔火明孤枕。”

“晴江啼画眉，烟屿如浮杯。有山不真隐，游钓皆凡材。郁郁旋螺(转下页)

生命诠释史，黄公望也成为与严子陵一样的意义资源，这就不是作者所能管得了的：观画者很自然将其纳入全幅的意象史中，以大观小，视界融合，古今通一，能所俱化。因而《富春山居图》的接受史，不仅是诗画之间的津梁，且亦成为是富春江意象史的一个部分，而且是未完成的一个部分。

二 富春江意象中的严子陵意象

富春江意象中最核心的部分，即严子陵。有关严子陵及其

(接上页)门，一水争潆回。风日不到处，古祠傍山隈。钓台东西峙，不受群峰排。前年旧鸥鹭，相见如惊猜。乱世无隐地，焉知我重来？篷边落日尽，淡淡烟光开。依稀痛哭记，留与今人哀。苟乏超世见，江山无好怀。卧石灭残字，斑驳千年苔。丝风重九鼎，天意宁徘徊。”

“却病始登山，三度憩祠屋。风日老蒹葭，欲往迷前躅。从容理归棹，水流山簇簇。暮色苍然来，人天渺一粟。漏釜燃湿薪，烟篷坐瞑目。散翁酒肠空，三子担扪腹。浪游有饥饱，一笑境难续。袖中亭林诗，(絜先携《亭林集》)应向西台读。杖策追光武，(亭林句)群雄亦粥粥。莫道客星孤，终古桐江绿。”

陈三立从富春、杭州回来，经过上海，宿于沈曾植海日楼，将诗作寄给陈曾寿，陈曾寿收到陈三立诗作后，又有六首答诗，其三云：

“世外青溪翁，湖秋常一来。执手隐呜咽，积愤高镵崖。携作富春游，叠锦随帆开。贪山厕俗旅，杂沓争舷隈。丝风系九鼎，钓者真奇才。登临赚我辈，蹀影东西台。归舟犯深黑，星芒久徘徊。尖风逆浅舵，破席吟空杯。卧庐追亡逋，光景造冥哀。可怜正则痛，自诡昌黎谐。连朝以诗至，远江堕予怀。骑鲸水仙梦，吞象螺蛳涯(七里泷有螺蛳湾)。”

其五云：

“生还竟相见，破涕海日楼。君真晞发侣，我慕必复俦(宋陈无咎有《山居集》)。书丛割片席，朝夕坐万流。因依余二子，苍天彼何求。连床鸡戒晓，苦语不能休。懒师一尺涕，惝恍诸天愁。排阊岂真梦，臣袖香烟浮，含生愤所切，义敢惭蚍蜉。昭昭九死志，惧为再见羞。君去日淼淼，我思积悠悠。”

很明显，经历张勋复辟之后重游富春江，情感与思想有一个微妙的转移，偏向西台，偏向宋遗民谢翱。

山水意象最早的总集，应是北宋元祐八年(1093)，桐庐县令郑瑊集古今诗文二百余篇，名曰《钓台集》。[①]此后，有南宋董棻《严陵集》共九卷，前六卷为诗赋，后三卷为杂着题跋。其体例以地系文，有二类，或“裒类一州古今文章，叙次以传”，遍录在地创作的文学作品；或“尝过而赋焉，一篇一咏，脍炙人口者”[②]，精选路过此地题咏的诗文。收录自谢灵运、沈约、孟浩然、李白至南宋人蔡肇有关诗歌约四百余首，赋二首，及杂着碑铭题记等若干首。仅从诗题来看，含有严陵濑、严濑、严子陵、七里泷、七里滩、钓台关键辞者，约一百余首，广泛涉及咏古、咏怀、咏史、送别、赠答、行旅、登览等类型，充分表明了严子陵意象在有关富春江的文学表现中，占有绝对中心的位置。但前一种《钓台集》只有两百首，后一种则限制在地与经过的作品，因而这两种总集所收有关严子陵的诗文，毕竟只是很少一部分，因而明代不断有更具规模的总集即续编的《钓台集》出现。[③]吾人从这两个总集的命名与编辑意图，即可了解有关富春江的地方意象中，严子陵是如何占据了最重要的中心位置。

最早写严子陵的人，也是最早开发富春江之美的诗人谢灵运。其《七里濑》：

羁心积秋晨，晨积展游眺。孤客伤逝湍，徒旅苦奔峭。石浅水潺潺，日落山照耀。荒林纷沃若，哀禽相叫啸。遭物

---

① 宋江湖派诗人林尚仁、方回《桐江集》均有《读钓台集》，表明其流传南宋，但是南宋时董棻编《严陵集》时，却不知为什么没有提到它。

② 宋董棻《严陵集序》，作于绍兴九年(1139)。

③ 宋元以后，续编《钓台集》，有程敏政、吴希孟、陈文焕、杨东等。容另文探论。

悼迁斥，存期要得妙。既秉上皇心，岂屑末代消？目睹严子濑，想属任公钓。

一开始就定下了调子：富春江意象最核心的部分即严子陵。大多数情况下，诗歌与散文的作者都不会仅仅流连风景，巧构形似，无论是寓居还是行观，只要进入富春江的深处灵魂，就不免要写到严子陵，可以说，严子陵是富春江的核心记忆。从六朝隋唐到宋元，一个渐渐明确的主调，即：士的尊严不必依附于其他价值而独立存在。如果说，唐诗中的严子陵，还只是一种观赏性的价值，如杜牧（一作许浑）《寄桐江隐者》："潮去潮来洲渚春，山花如绣草如茵。严陵台下桐江水，解钓鲈鱼能几人"；或只是一种工具性的价值，如李频《题钓台障子》称："君家尽是我家山，严子前台枕古湾。却把钓竿终不可，几时入海得鱼还"；甚而只是一种值得怀疑的幻觉，如张继《题严陵钓台》，那末，宋元时期有关严子陵诗歌讨论的焦点，已经渐渐转向国家意识形态即名教，与个人精神价值之间的张力。在元代，严子陵形象中精光所聚之处，即一种对君王的傲气。讨论严子陵意义的，尽管有从逃名与钓名、避世与淑世、以及君臣伦理等方面下笔的，但道的尊严，渐成歌咏传统的主调，如云：

终向烟霞作野夫，一竿竹不换簪裾。直钩犹逐熊罴起，独是先生真钓鱼。（黄滔《严陵钓台》）

桐江一片石，千古白云横。世乱无宁宇，岩栖得此生。渔樵亦偶尔，富贵岂吾情。寂莫空山士，安知后世名。（于慎行《戊午春月朔登子陵钓台》）

有人说子陵不图利，只是爱名，而名其实也是一种政治资本，终成为利禄。因而须强调，先生是真钓鱼，与渭水边的太公望不同。

> 帝座高悬汉客星，樵渔今亦想英声。钓台直下三千尺，谁谓先生只钓名。（李纲《严陵滩下作二首》）
>
> 羊裘那肯换簪缨，一曲桐江老此生。高节终扶炎汉祚，渔竿不是钓虚名。（魏偁《子陵垂钓图》）
>
> 名教扶持真百世，岂徒当代慑曹瞒。（姚勉《题严子陵钓台》）
>
> 季年熏貂成党狱，阿瞒朵鼎终瑟缩。东都节义何为高，七尺之台一竿竹。（林景熙《谒严子陵祠》）
>
> 汉家名节君知否，尽在先生一钓竿。（章才邵《钓台》）
>
> 东京臣子多名节，皆自先生铸此曹。（李纲《严陵滩下作二首》）

名节、风教，这里其实是说严子陵的存在意义不仅是精神意义，而且扶持名教、参与辅佐了汉家天下的社会道德秩序。然而，道德的价值，莫非是依附于其他的价值而存在的？无论这个价值是社会、是政治、是伦理，如果道德没有自身的价值，就不是一个绝对的存在。最虚无的是：前引赵汝鐩《出处辞》，将历史上两个著名的渔翁，姜太公与严子陵，看作“趋向固异辙，出处同一心”，相信他们只不过是“随时而屈伸”的差别而已，出处一律，都是为了帝王的事业。这就抹杀了道与势的区分。所以，黄山谷的诗，真正说出了士的尊严是严子陵的意义：

平生久要刘文叔，不肯为渠作三公。能令汉家重九鼎，桐江波上一丝风。（黄庭坚《题伯时画严子陵钓滩》）

重于九鼎，即士的价值与尊严，高于王的价值之上。也正是“巨鳞入手还纵之，汉家鼎小难调理”的意思。士的存在，自有其独立的价值，不因朝廷的存在而增损其价值。

几乎与黄公望同时的吴师道（1283—1344），有《吴礼部诗话》，一方面记录了元代诗坛对于严子陵话题的热门现象，另一方面，也总结了历代诗歌中最精彩的严子陵思想。略云：

严陵钓台，题咏甚多，自范希文黄鲁直二绝句后，殆难措手。戴复古诗亦为人所称道。此外所见尚有佳者，《钓台集》所未及。王厚斋记孙烛湖应时作云：“簿书流汗走君房，那得狂奴故态降。努力诸公了台阁，不烦鱼雁到桐江。”吾乡陈子象《庚溪诗话》中记不知名作云：“范蠡忘名载西子，介推逃迹累山焚。先生正尔无多事，聊把鱼竿坐水村。”予家有《北园吟》一编，昆山陈寿卿作，一诗云：“尚父鹰扬起渭滨，六韬犹自佐周文。子陵岂是要君者，寇邓诸公已策勋。”先大父尝言，吾乡有杨某者，好为诗，多俚率，独钓台诗可喜，云：“虹作长竿云作饵，纤月沉钩在江底。巨鳞入手还纵之，汉家鼎小难调理。”紫岩于介翁，予早岁祈师，计琪作云：“抛却羊裘入汉庭，偶然偃卧两忘形。先生无处可伸足，太史何烦奏客星。”

这里已经没有任何犹豫不决，也没有任何名教的婆婆妈妈。我们再回头看杨载描写黄公望的诗：

> 鹤度烟霄阔，龙吟雾雨稠。东行观海岛，西逝涉江流。……古书尝历览，大药岂难求？抚事吟《梁父》，驰田赋《远游》。……槛日迎东济，窗风背北飕。鸣琴消永昼，吹律效清秋。雅俗居然别，仙凡迥不侔。……尘埃深灭迹，霜雪暗盈头。始见神龟梦，终营狡兔谋。雪埋东郭履，月满太湖舟。（《杨载再用韵赠黄子久》）

这里哪里还有什么依附性，哪里还有什么隐仕出处的计较？画家的龙吟鹤度似的仙人风味、渔舟明月的雅人深致，灭迹而去、神龙见首不见尾的高人气象，都与严子陵深深相契。

三　从严子陵到黄公望，俯仰天地：“富春江”的诠释高峰

本文无意比较诗画优劣，黄公望《富春山居图》对于他之前富春江意象的如何有意识地改写或突破，画毕竟不是诗歌。

然而可以将此一全幅的意象史，作为读图的参照，两相发明，了解黄公望前后时代的知识背景与感知模式，让我们在读图的同时，经过这一番知识考古而回到历史现场，多以古人自身的思维来鉴赏它，站在更地道的中国文化的脉络中，去理解它。

其次，我们也可以从意象史的角度，来参照一下，黄公望笔下的富春江，与诗文中的富春江，有什么最主要的区别。这种区别，虽并非黄公望有意对诗文意象的突破，却可视作绘画艺术对于“富春江”的新诠释。

从诗文到绘画，这里的富春江，发生了什么变化？我以为，最大的新意在于，诗文符号系统的“富春江”，基本是写实，是严

子陵意识形态优势的，而以黄公望为代表的绘画艺术符号系统的“富春江”，则消解了这一优势，基本上是“写虚”。他消解子陵意识形态的方式很简单，深深地回归到山水本身。

首先是从人物中心到山水中心。但是这个山水，既是实景山水，也是文人山水。实景山水，不仅是江南清明柔和的地理风貌，而且确是可居可玩的“私家大园林”式的山水。文人山水，表明黄公望将宋人的游览式的、观赏性的山水，变而为笔墨系统的山山水水。正如前人所说的“脱衔勒而抒性灵，为文人建画苑之帜”（姜绍书《韵石斋笔谈》卷下）。他用笔墨唤醒了山水的灵魂。不只是笔墨的尖、齐、圆、健，以及遇水的浓、淡、燥、湿、焦等层次，或行笔的迟、速、顿、挫、回、旋、曲、屈等变化，而更是笔墨唤回的“生命”，让每一石头与水波都活起来的生命感。用黄公望的话来说，就是“山水中用笔法，谓之筋骨相连”（《画山水诀》）。筋骨相连，就是自然生命的内在韵律与气息。表现为美感，就是后人评论大痴笔法中所说的清润与浑厚。每一处都有清润，每一处都有浑厚。我们可以从岸边的杂木垂柳与岩石小丘中读出清润与浑厚的融合，也可以从山体的明暗掩映、山谷的云蒸雾笼、近岸的水波不兴，读出清润与浑厚的张力。或峰峦突起，或水渚连绵；或林屋幽深，或山石荦确；或阳光明媚，或山岚轻盈；或疏林如舞，或戏禽如歌；……总之，一切的光影、线条或皴染，都美妙如诗，和谐如乐，透过明暗、远近、动静、黑白、疏密、枯淡、起伏、收纵等，展现出清润与浑厚的韵味。因此，有史以来，文本化的山水中，他最深地回到了富春山水本身。正如倪元林当时所赞：“能画大痴黄子久，与人不爱亦无憎。”（《题黄子久画》，《清闷阁全集》卷八）

另一可解读的是从“深远”到“阔远”。《画山水诀》说：

山有三远。从下相连不断，谓之平远。从近隔开，谓之阔远。从山外远景，谓之高远。

张光宾正确指出：

把宋人的深远，代之以阔远，一个字的转换，遂使元画与宋画，在整个构图形式上，有了大的转变。……到了元代，山水的构图，则不自中间独立一主峰，往往由近景的陂石处，中间偏左右起耸立双树或丛木这一特立的林木，主树往往超出画幅二分之一以上的位置，然后，以水隔开，把中景的山峦推到对岸，或自特立树丛的左右横入沙渚陂陀，或径越出树梢再起岭头。这便是他所称的“从近隔开，谓之阔远”的含义。①

这一分析相当准确。然而，张先生将其归因为：黄公望接受了来自马可波罗传入的西洋画技法。就没有什么根据了。其实，将宋画如范宽《溪山行旅图》以及李唐《万壑松风图》那样自下而上满满填实的深远空间，转变为左右铺开、通透、舒展、水天相连、云树相依的阔远空间，“取象于笔墨之外”，成就一种“灵和清淑”之类（前引姜绍书），则完全是中国哲学的宇宙意识与道家美学的自由精神在山水画中的成熟。②而中国哲学中的宇宙意识与自由精神，即流动着飘瞥上下四方的观看方式，人由走进深山的隐者，变而为俯仰天地、流观万物的观者，人化而为自然山水

---

① 张光宾：《元四大家》导论，台北故宫博物院 1984 年版，第 14 页。

② 参见宗白华：《美学散步》，上海人民出版社 1981 年版。

中的一个自在的精灵。正如恽寿平(1633—1698)《南田画跋》中对黄公望不寻常的推崇：

> 痴翁画林壑位置云烟渲晕皆可学而至，笔墨之外，别有一种荒率苍莽之气，则非学而至也。

由此可以论黄公望的“突破”：“宇宙在手，眼前无非生机。天机透露，实处转松。”(王原祁)一方面，《山居图》收敛结实而又滋润松透，另一方面，深远转为幽邃而阔远，黄公望以其深深回归山水的努力，创造了从生机蓬勃、清润而浑厚的自然，也创造了太空俯视而又气化宇宙，流动着飘瞥的山水观照。可以说，这也是道的观照。在“道”的方式里，人与山水的相互定义，相互成全。这同时也从另一角度完成了严子陵诗意的难题：“道”的绝对性：不因功成身退而傲世，不为心劳力瘁而逃世，道统有其自身的正当性，它的理由就是它自身的理由，不与别的事物相对待而成其理由。富春山居，正是道的自由与尊严的美的显现。

吾人可以从义理上引申：在异族统治的新时局及全真教的视野中，黄公望以其杰作重新诠释了富春江意象，将“士与君如何相处”的传统焦虑进一步去问题化，同时也将伦理主体的自觉进一步去主体化，变成“士如何在此世与自己相处、与宇宙相处”的新问题，虽君、士双遣，人我俱化，然大音希声，宝相庄严，完成富春江意象的点睛之笔。

因而，黄公望通过他的艺术，安顿了他的生命与苦痛，也让他的生命，成为富春江意象史中的一个部分。从严子陵到黄公望，吾人看到，中国人文主义文化中的人与文，如何相互成全，创意的生生不息。只有这样去理解他，才会如他所当年评品钱选那样，诣于“理奥”；而他也不会感到如此深深的遗憾：

> 其人品之高如此，而世间往往以画史称之，是特其游戏，而遂掩其学。

尾声：富春江文化意象的现代性

当然，“富春江”仍是一开放的意义结构，是一未完成的文化意象。

简单地说，黄公望后面最明显的变化，是古典的君臣二元或道势均衡不再可能。破裂为两条路线，一是激进的路线，高尊烈士，从隐士到侠士，再到高士，然而越到后面，越突出了“西台恸哭”。尤其是明末清初，以及清末民初的遗民，再认谢翱，突出了富春江的血性的书写。一方面表明了对道势相合的绝望，君臣相合，变而为一种天真的理想；另一方面，表明民族矛盾、文化中国的问题，压过了政权合法性、政治中国的问题。

另一条路线是权力独尊的路线，力贬士人传统。明太祖朱元璋的崇尚皇权、斥责高士，是古代皇帝的权力的傲慢与淫威。其《严光论》云：“聘士于朝，加以显爵，拒而弗受，何其侮哉！……朕观当时之罪人，罪人大者，莫过于严光、周党之徒。不止忘恩，终无补报，可不恨欤?”朱元璋曾有手批奏折：“寰中士夫不为君用，是外其教者，诛其身而没其家，不为之过。”[①]

---

① 赵翼《廿二史札记》卷三十二“明祖行事多仿汉高”条：“甚至胡蓝之狱，诛戮功臣，亦仿菹醢韩、彭之例，此则学之而过甚者矣！”叙其挟政治权势摧残士人人格与精神以致肉体生命。

而毛泽东后期关于严子陵的评论,是严子陵传统在现代的重要延伸。[①]

1949 年新中国成立前夕,柳亚子作《感事呈毛主席》:“开天辟地君真健,俯仰依违我大难。醉尉夜行呵李广,无车弹铗怨冯谖。周旋高悔平生拙,生死宁忘一寸丹。安得南征驰捷报,汾湖便是子陵滩。”吐露民主人士的牢骚,以及知识人与新政权相处的难题,表示要退出政治,回到家乡。他的家乡在江南,靠近富春江。而毛泽东《七律·和柳亚子先生》云:“饮茶粤海未能忘,索句渝州叶正黄。三十一年还旧国,落花时节读华章。牢骚太盛防肠断,风物长宜放眼量。莫道昆明池水浅,观鱼胜过富春江。”显示“富春江”在此,已让位于“昆明池”。

然而毛泽东青年时代《讲堂录》,亦曾推崇子陵:“后世论光不出为非。不知光者,帝王之师也。受业太学时,光武受其教已不少。故光武出而办天下之事,光即力讲气节,正风俗而传教于后世。且光于专制之代,不屈于帝王,高尚不可及哉。”但是毛泽东又有与青年同学萧瑜之争:认为严光应当如同早他 200 年的张良辅佐汉高祖一样,出任光武帝的辅相。认为古代贤者“有办事之人,有传教之人”,还有“办事而兼传教之人”。

从青年毛泽东身上,可见儒学的两种影响:一个讲气节致良知的王学,道德理想主义,道高于或齐于势。一个是国身通一、政教一体、三纲八目的儒学。道合于势,国家名教与士人精神价值可以合而为一。

由此可以联系到思想史上的命题。美国汉学思想界林毓生

---

① 王光厚:《“力正风俗,传教后世”——毛泽东评严光》,《党的文献》2007 年第 2 期。

与余英时、张灏关于中国文化的“道”，究竟是一元论还是二元论的争论，[①]是严子陵文化思想符号通往中国古代政治思想的解释史，关系到对中国文化核心价值的重新认识，这已经需要另外的篇幅细加讨论。

由高士情怀，而烈士精神，代表了此一文学空间的真正风骨；而烈士精神在现代的淡出，也表明了古典传统的失落。

在山水自然中深挚体道的抒情传统、高士与烈士的双重叙事，道高于势的思想认同，是其中最典型的文化要素。外柔内刚、化激烈为深沉、化思想为美、自然与人文相互定义，是其中极富特色的美学内涵，至今是一未完成的文化意象，其经验与启示，无疑是中国文化意象再生产的一个典型。

---

① 诸如：中国传统政治权威是一元的还是二元的问题；中国传统中的“道统”和“君统”之间的关系；“天命”观所蕴含的哲学突破及其限度；政教合一的天子制度所产生的思想问题；儒家政治思想中的一个内在紧张（tension）：对“家天下”现实的抗议和对它的唯一选择；儒家政治思想中的此世之“魅”（enchantment）与超越之维的张力。林毓生说：“中国思想史有很大的矛盾和紧张，要追问的是这个矛盾的历史含义是什么？这个矛盾就是：‘君’与‘道’是一元的还是二元的，是否中国只有一个权威？在中国思想史上，表面有两个权威，一个是天命观念作为前提的天子的权威。因为人们相信天子的正当性。另一个权威就是儒者从来不认为在位的天子是真正的天子。因为历史上的天子没有一天成为了圣王，‘从道不从君’的观念使得‘道高于君’。这两个权威的矛盾是很显然的。”（《中国传统的创造性转化》，生活·读书·新知三联书店 1998 年版）

海滨流人的招魂文学：

《南窗寄傲图》题咏释证

小 引

《南窗寄傲图》题咏，是寓居于沪的文人群体，辛亥年之后约十年间，先后同题唱和之作。手卷长 137 cm，宽 27 cm。民国以还，此图为私人收藏。1949 年之后，遂辗转流传于台湾。2011 年 12 月，台湾国科会、清华大学、台湾大学与历史博物馆举办《百年人文传承》大展，似为此图首次公开面世，忽忽已一个世纪矣。噫！《南窗》一图，岂非近世流寓文学之经典文本？尤有意味者，遗民群体之《南窗寄傲图》作为大展开端，似乎是以反民国之文献，作民国百年之纪念，乍一看似不合时宜，然而细想之下，台湾的民国百年史，恰恰是政治与文化、国家与学术、道与势之间，既分立又相合，既对抗又统一，如此张力之过程，才有民国的今天。所以，这幅图中所包含的知识人与权力的关系，仍有其普遍意义。撰写此文，首先在于发掘史实，借此透视民初江南遗民群体心态，理解其时代背景、揭示其人物关系，分析其题咏意绪，探索士人近代社会大变动之际的种种处世策略。

一　一个时间点的疑问

1911年6月，辛亥革命爆发之前，在上海的孙德谦请江南名画家顾鹤逸绘《南窗寄傲图》，取《归去来兮辞》"倚南窗以寄傲"句意，孙氏作《图记》。值得提出的是，一般人认为孙氏请人作图动机即是做政治遗民，是欲效法陶渊明处刘宋篡晋之后，不署义熙之后年号，[①]不与新政权合作的决绝态度，一个值得提出的疑点是，此图画家明确标出的时间是"辛亥六月"，此时距辛亥革命的爆发时间，即阴历八月十九日，还有两个多月的时间，似谈不上"义熙年号"的问题。细读孙德谦的《图记》，也不能发现有写及陶渊明因晋宋易代而做遗民的只言片语，作者强调的是"世运倾"、"丁衰季"这样的时代普遍颓败趋势，以及有道之士守身自好的德行与境界。如云：

---

① 方东树《昭昧詹言》(卷十三)："沈约《宋书渊明本传》云：'潜自以曾祖晋世宰辅，不复屈身后代。自高祖王业渐隆，不复肯仕。所著文章，皆题年月：义熙以前，则书晋氏年号；永初以来，惟书甲子而已。'萧统作《靖节传》亦云：'曾祖侃，晋大司马。自以曾祖晋世宰辅，耻复屈身后代。自宋高祖王业渐隆，不复肯仕'云云。自是以来，如唐修《晋书》、李延寿《南史》、《五臣注文选》及宋秦少游、黄鲁直辈，相沿皆如此说。"质疑这种说法是宋以后对陶渊明的另一种次要的解释传统。本文中所涉及的则是主流的解释传统。

> 孙卿有言：志意修则骄富贵，道义重则轻王公。乌呼，是可尚已！有晋末叶，世运倾否，贞洁之风，阒焉寥绝。靖节先生，性乐闲静，一宰彭泽，弃官从好，便咏归来。其后耕下潠之田，却玄纁之聘。王宏邀而未致，道济劝而不行。孤松厉此后凋，丛菊餐其晚秀。或樽湛新醪，推并坐而独眠；或琴抚无弦，待知音于来禩。此其傲然任情，不已甚乎。岂知引契桃源，息游栗里，先生之高风绝侣，遗俗甘遯，盖由时不可为，聊以适我意耳。古之逸民隐居求志，确乎不拔，其先生之谓矣。
>
> ……
>
> 夫生丁衰季，为之士者，既不能振已颓之绪，建微管之勋，萌庶赖以乂安，宗社繇其奠定；值勿用之位，占明夷之爻，又可冒冲风而乘奔波乎？高卧泉石，独浪烟霞，睥睨卿相之尊，摆落氛埃之外。幽栖蓬蒿，睎仲蔚之孤踪；闲课桑麻，行大圜之乐志。则先生忘怀得失，慨想羲皇，良知法焉。虽傲者倨也，式是古训，余固不敢为正平之矫时，长卿之玩世；右军云“因寄所托”，今作斯图也亦寓其乃心云尔。

表明：孙德谦以此图自况，“遗俗甘遯，盖由时不可为，聊以适我意耳。”不过是隐居以求其志而已。于陶渊明处刘宋篡晋之后，不署义熙之后年号，不与新政权合作的决绝态度，深致敬意者，乃是发生于此后的八九年间。

从时间上看，最早将隐逸意象，转化为亡国之痛，是朱孝臧。他在壬子年（1912）的《百字令》词里，诸如“孤弦坐抚，老薇无地堪拾”、“故国无鹃”、“义熙还记残历”等，都是极沉痛的遗民意识。从1912年到1918年间，孙氏先后邀请了当时在沪的文人如吴昌硕、刘承幹、郑文焯、况周颐、王国维等人纷纷题咏，他们开始集中采用诸如“义熙”、“夷齐”、“屈子”、“铜狄”、“采薇”、“桑海”、“劫”、“心史”等孙德谦《图记》中所没有的有关易代之痛的意象，越来越自觉地赋予一种身份的认同，即遗民的认同。以诗、词、书、画、文合为一卷的手卷形式，宣示一种更偏于遗民的心情。有意思的一个细节是，金武祥的题咏，并没有理睬孙德谦的《图记》，而是完全点化隐括朱孝臧的《百字令》：

人间何世、又伤心，甲子义熙残历。绝境桃源那得到，负尽春秋佳日。五柳萧疏，孤松磥砢，差拟柴桑宅。悠然独对，此愁谁为与消得。　　更有满目山河，幽弦自赏，鹤发开元客。故国无鹃肠断句，清泪难干铜狄。江左尘昏，首阳薇老，何事分今昔。黄华无恙，一觞聊慰晨夕。

群体题咏之间，相互隐括词义，形成一种先后互文的意味，以此形成文本上的共同体，这表明遗民已经成为主调。这当然也是孙德谦自己认同的变化。所以，吴庆坻的题咏是描写孙德谦其人，已经将其表彰为不食周粟的夷齐和身世同义熙的陶潜：

吴中有高士，诵经忍调饥。锱尘视轩冕，独照诚知几。束发受明训，咏歌诵圣涯。旴衡际衰叔，上下亡枳维。泊然谢荣途，遂作冥鸿蜚。假哉晋处士，安道吾所师。寄酒以为逃，身世同义熙。清潭或鼓枻，汉曲真弃机。平生有述造，抗心慕黄羲？史家例精严，独抉兰台微。绵绵斯文绪，孱守经籍遗。乃知所寄远，任诞非所希。吴郡缅前喆，千祀声香垂。秦馀自峻洁,竹隐亦嶔奇,世教赖扶植,流风今在兹。试采东篱菊,即是西山薇。

“盱衡际衰叔,上下亡枳维”一句,表达了乱世之中社会秩序崩溃的重大危机。枳树多刺,可做篱笆,喻大小、上下递为藩蔽。一个社会从经济到政治,从情感到心理,都完全失去了传统的“藩蔽”。[①]当然,从抗俗的隐士到抗命的遗民,完全是陶渊明文化意象的内在逻辑。这也是辛亥前到辛亥后,海滨流人所完成的身份认同。接下来王国维的题咏,即是典型。

二 两个主要人物:孙德谦与王国维

此图的画者顾麟士(1865—1930),字谔一,号鹤逸,清末元和(今江苏吴县)人。晚清民初著名书画家、鉴赏家,著有《续过云楼书画记》、《鹤卢画识》、《鹤卢书趣》等。当时请书画者,“走书币乞者远及海东”,被誉为“有清一代艺苑传人之殿”。[②]

此图的创意人孙德谦(1873—1935),字受之,号隘庵,晚号隘堪居士,清末元和人。历任江苏、浙江通志局纂修,江苏存古学堂教员,东吴、大夏等大学教授。致力于经学、史学、诸子、声韵、训诂、目录、文学等。一生治学用力,初为高邮王氏父子之学经子训诂考据之学,后转而为会稽章学诚文史校雠之学。著有

① 《逸周书·小开》:“德枳维大人,大人枳维公,公枳维卿,卿枳维大夫,大夫枳维士,登登皇皇,君枳维国,国枳维都,都枳维邑,邑枳维家,家枳维欲无疆。”

② 章钰:《顾隐君墓志铭》,载钱仲联编:《广清碑传集》卷十九,苏州大学出版社 1999 年版。

《汉书太史公书义法》、《汉书艺文志举例》、《诸子要略》、《诸子通考》等。工骈体文，当时与李详并称为骈文两大家。有《四益宧骈文稿》、《六朝丽指》等。①

另一个主要人物是王国维。因为这所有的题咏者中，只有王国维，最后果真成为屈原，成为以身殉国的文化人。台湾百年人文传承大展在展出此图的介绍里说，“词意隐约透露出他日后为清、为中华文化殉死的决心”。王国维与孙氏有多年的交往，序跋书信中多有评语，如云：

> 二君（张尔田与孙德谦）为学，皆得法于会稽章实斋先生，读书综六略，不为章句破碎之学，孟劬有《史微》，隘庵有诸子通考，皆籍甚学问间。②

王国维对于孙德谦的骈文很推重。曾对孙说：“审言过于雕藻，知有句法而不知有章法，君得流宕之气，我谓审言定不如君。”③然而，在私人通信里，王国维又对孙德谦的学问似有微词。如云：

> 昨为孙益庵作其所撰《汉书艺文志举例》序。其书毛举细故，殊无心得，可见著书不易也。（王国维致罗振玉信，

---

① 最重要的传记，是受孙德谦嘱托为“我死君必为传，我葬君必铭”（王蘧常：《清故贞士元和孙隘庵先生行状》，载钱仲联编：《广清碑传集》卷十九）。关于他的学问成就及其特点，可参见柯平：《论孙德谦的目录学思想》，《武汉大学学报（人文科学版）》1986 年第 3 期。

② 孙德谦《汉书艺文志举例》，王国维序。

③ 见王蘧常《清故贞士元和孙隘庵先生行状》。

1917年9月18日)①

张孟劬所作《史微》,乙老颇称之,渠以二部见赠,以其一寄公。中多无根之谈,乙老云云所谓"逃空山者,闻足音而喜"也,却与内藤博士之倾倒者不同。闻孙益庵德谦亦此一派,二人至密也。(王国维致罗振玉信,1916年9月25、26日)②

其实,孙德谦与王国维,一属于旧派,一属于新派,学术路向已趋不同。孙德谦在晚清是保守国粹、反对新学的积极人物。王蘧常《行状》云:

时士媚伪说,视旧学如土梗,先生忧之,与孟劬太守合着《新学商兑》以辟之。又请其乡立存古学堂。众喙纷纷,先生不为动,卒底于成,一时东南士风为之丕变。

孙德谦也有对王国维学问的月旦之评,对读之下,宗旨甚明:

王静安勤于考古,偏嗜甲骨,已是极欲趋新而过于好奇。盖人之为学须贵征信,龟甲文字只是由我臆断,尚不如三代鼎彝犹成字体,以释经总嫌附会。又每喜驳前人常解,而有类康成之破字,此即尚奇之失也。

近人搜集史料,都希古物出土,弟譬之于垦荒,意谓中国学术苟开新待人发明者至多。经史诸子之中,弟所心得

① 《罗振玉王国维往来书信》,东方出版社2000年版,第291页。
② 《罗振玉王国维往来书信》,第157页。

者而古人时有未曾见。及若一切坟典束之高阁,惟希某处掘得古碑,某处购得古器,可以恢广见闻、成就新著,万一地不出宝,鸠辑无从,将使我无以为乎?①

然而晚清遗民,虽学术宗旨各异,仍不妨在文化态度上相互认同。在另一首与罗振玉的书信中,王国维则称孙德谦为“硁硁乡党自好之士”②。然而这恰恰不能从字面上读成是对孙氏的贬词。《论语》中就有两处提到“硁硁”一语:一处是:

子贡问曰:“何如斯可谓之士矣?”子曰:“行己有耻,使于四方,不辱君命,可谓士矣。”曰:“敢问其次。”曰:“宗族称孝焉,乡党称弟焉。”曰:“敢问其次。”曰:“言必信,行必果,硁硁然小人哉!抑亦可以为次矣。”

可见,“硁硁然小人”,亦属士之一种流品。另一处则是形容孔子自己的神情,只不过,是从隐者的眼中所见:

子击磬于卫,有荷蒉而过孔氏之门者,曰:“有心哉,击磬乎!”既而曰:“鄙哉,硁硁乎!莫己知也,斯己而已矣。”(郑笺:此硁硁者,徒信己而已,言亦无益。)

郑笺:“硁硁然,小人之貌也。”这两段中,“硁硁然”虽非大雅

---

① 孙隘庵致张尔田书,《孙德谦年谱初编》。

② 王国维致罗振玉信,1917 年 8 月 27 日,见《罗振玉王国维往来书信》,第 285 页。

君子之德行，然而言信行果，亦可以是“知其不可为而为之”的勇者意态。王国维心目中，孙德谦学问虽有所不足，仍然不失为易代之际有操守、有性情、择善固执之士。值得注意的是，罗振玉与沈曾植都对孙德谦有很高的评价：

> 予问方伯（注：指沈曾植），“沪上为四方人士所辐凑，所识潜学未彰之士几何？”方伯对以“有吴人孙君名德谦者，尔雅能文章”。予曾于杨子勤太守《雪桥诗话》中读孙君序，雅驯有法度，洒然异之。今方伯亦云然，与予意正同。惜行程匆迫，不获与孙君一见也。①

这可以代表王国维一系学人对孙氏的重要看法。因而，王国维《百字令》词，以屈子、渊明，绾合己身与孙氏，赋予了最强的遗民色彩：

> 楚灵均后，数柴桑、第一伤心人物。招屈亭前千古水，流向浔阳百折。夷叔西陵，山阳下国，此恨那堪说。寂寥千载，有人同此伊郁。　　堪叹招隐图成，赤明龙汉，小劫须臾阅。试与披图寻甲子，尚记义熙年月。归鸟心期，孤云身世，容易成华发。乔松无恙，素心还问霜杰。

“试与披图寻甲子，尚记义熙年月”，就是说，不署民国的年号。但是正如我们前面所分析的，辛亥六月作此画时，还没有民国的年号，因而不存在“义熙年月”的可比性。“夷叔西陵，山阳下国”

① 罗振玉《五十日梦痕录》(1915年6月29日)

以伯夷、叔齐隐于西陵，山阳公屈于下国等亡国大恨典故暗喻清废帝溥仪，这也是王国维自己心情的写照。[①]学问或有新旧之可商，道德则有相似之认同，这也是辛亥前后滨海流人另一个共同特色。

三　其他题咏者辛亥革命前后之出处选择

按手卷的顺序，题咏者分别为朱孝臧（百字令，壬子）、郑文焯（文，壬子）、叶昌炽（五古及长序，壬子）、邹福保（五古，集渊明句）、不详（五古）[②]、章梫（五古，甲寅）、杨钟羲（五律，乙卯）、刘世珩（七绝二首，乙卯）、金武祥（百字令）、况周颐（百字令）、王国维（百字令，庚申）、吴庆坻（五古）、刘承幹（水龙吟，壬戌、吴昌硕（五律二首，壬戌）。此外，没有出现在手卷上的还有劳乃宣《题孙隘庵南窗寄傲图用吴蔚若元韵》（庚申，1918 年），以及劳诗中提到的吴蔚若（名郁生，字蔚若，1854—1940）[③]等。

---

① 山阳下国：东汉末，曹操子曹丕代汉即帝位，废汉献帝为山阳公。山阳，古县名，因位于太行山之阳而得名。故治在今河南焦作东。下国，小国，诸侯国。陶渊明《述酒》诗："山阳归下国，成名犹不勤。"陶诗暗讽宋武帝刘裕废晋恭帝为零陵王，并将其杀害。此句抒写易代之遗恨。"山阳下国"之今典，乃是陶渊明为政治遗民的重要证据。《苕溪渔隐丛话》引韩子苍云："陈述古《题述酒诗后》云：'意不可解，恐其读异书所为也。'余反复之，见'山阳旧国'之句，盖用山阳公事，疑是义熙以后有所感而作也，故有'流泪抱中叹，平王去旧京'之语，渊明忠义如此。今人或谓渊明所题甲子，不必皆义熙后，此亦岂足论渊明哉！唯其高举远蹈，不受世纷，而至于躬耕乞食，其忠义亦足见矣。"（前集卷三）

② 照片遗漏了落款。

③ 罗惠缙：《民初遗民诗词的同题群咏现象》，《东南学术》2012 年第 1 期。

自从1912年朱孝臧的题咏开始，南窗寄傲图的文化意象，就由隐逸转而为遗民主调。那么，这些参加题咏的作者，其立身处世如何呢？这里略述诸人之行藏大略：

朱孝臧：词人、文史家。辛亥革命前曾任清廷之内阁学士、礼部侍郎、广东学政等职，革命后，隐居上海。袁世凯欲聘为高等顾问，一笑拒之，后在天津以君礼参拜废帝溥仪。①

郑文焯（1856—1918）：词人，文史家。辛亥革命前，曾任为江苏巡抚幕僚四十余年，革命后，自觉以遗老自居，常常自比陶渊明。居住上海，专精医学，行医于汉口路福利公栈，兼卖书画以自给。清史馆聘为纂修，京师大学堂聘为金石学主任教授兼校医职务，月俸金八百；皆婉辞不就。②

叶昌炽（1849—1931）：文史家。历任翰林院庶吉士、国史馆协修、纂修、总纂官，后擢为甘肃学政，1906年由于清朝废除科举，因而也就废除主管科举的学政之官，他就不再出仕。辛亥后拒绝袁世凯修《汉史》之招。③卒于1917年。

邹福保（1852—1915）：藏书家、文史家。辛亥革命前，历任翰林院侍讲、福建乡试主考官、顺天乡试同考官。革命后，闭门养病，不与世事。卒于1914年。

章梫（1861—1949）：教育家、文史家。辛亥革命前历任京师大学堂译学馆提调、监督等，革命后，民国总统袁世凯、徐世昌先

① 夏孙桐：《清故光禄大夫前礼部右侍郎归安朱公行状》，载钱仲联编：《广清碑传集》卷十七，苏州大学出版社1999年版。

② 金天翮：《大鹤山人传》，载钱仲联编：《广清碑传集》卷十七，苏州大学出版社1999年版。

③ 曹元弼：《皇清诰授通议大夫翰林院侍讲甘肃学政叶公墓志铭》："及辛亥乱后，公悲悯天人，艰贞自矢。新都窃柄，招徕耆旧歆丰之徒，思浼龚鲍，公毅然峻拒之，守死善道，渺与世绝。"载钱仲联编：《广清碑传集》卷十四。

后函电相邀，后又派人厚礼敦请去政事堂任职，俱被谢绝。[①]尝自云："梫为大清朝官，今不反对所谓民国，也必无附和所谓民国之理。"[②]

杨钟羲（1865—1939）：文史家。辛亥前曾两入端方幕中，后又曾任江宁知府，入民国后以清末遗老自居，自号"圣遗居士"，不问世事，不入仕民国职官。刘承幹刊刻嘉业堂丛书，聘请杨钟羲为校雠。民国十二年（1923），北上与王国维、景方昶、温肃同被聘为逊清小朝廷的"南书房行走"，后一直定居北京。

刘世珩（1874—1926）：藏书家。辛亥革命前，历任江宁商会总理、湖北及天津造币厂监督、直隶财政监理官、度志部左参议等职。辛亥革命后，移居上海，以清朝遗老自居。"购地数亩，筑楚园以贮金石书画。与人书，恒自署曰楚园云"。[③]

金武祥（1841—1924）：诗人、藏书家。曾捐班为广东候补，授赤溪直隶厅同知。革命后，隐居为再为官。

况周颐（1859—1926）：词人。曾官内阁中书，后入张之洞、端方幕府。民国后寓居上海，卖文为生，曾为刘承幹嘉业堂校书。[④]

吴庆坻（1848—1924）：历任四川学政，湖南提学使，政务处总办，资政院硕学通儒议员等，辛亥革命后，寓居上海，以遗老自居，与冯煦、缪荃孙等组超社、逸社等。

---

① 章乃羹：《清翰林院检讨学部左丞宁海章先生行状》，载钱仲联编：《广清碑传集》卷十八。

② 章梫：《答杨子权》，《一山文存》卷十。

③ 金天翮：《刘世珩传》，载钱仲联编：《广清碑传集》卷二十。

④ 冯幵《清故通议大夫三品衔浙江补用知府况君墓志铭》："辛亥而后栖迟海滨，忧生念乱，内铄于孤愤，而夷坦以穷年，兹可谓忧心悄悄，危言逊行者也。"载钱仲联编：《广清碑传集》卷十九。

劳乃宣(1843—1921):革命前曾任江宁提学使、京师大学堂总监督、内阁学部副大臣等,革命后匿居青岛做遗老,张勋复辟时,被任命为法部尚书。讨逆军将攻入京城,官员四处逃散,唯独法部尚书劳乃宣誓死不去。

由上可见,除了刘承幹与吴昌硕,一为藏书家出版商,一为书画家,原本即是清廷官吏体制之外生存的人物,——其他各人,革命前或为旧官吏,或为重要幕府中人,革命后均再不出仕,决然与新政权划清了界限。诗画言志,《南山寄傲图》题咏,表明他们的言行是一致的。

四　文化神州系一身:失窃的插曲及其词人之伤逝

1912年,此画在征求朱孝臧题咏的过程中,曾一度失窃。郑文焯的序记录了这件事情:

> 隘庵先生天诞英逸,著书满家,尤邃于诸子而发其缊奥,无所不淹,遭时屯蹇,抗志隐良,尝取渊明归去来词片言微义,倩江南画师作此图,以托高契。辛亥秋后,世难大作,天下脊脊,困遴之中,清事废久,是卷因索彊村翁题词,置听枫园几上累月,不复省措,匆匆失其所在,嗟惜久之。君子方已为千秋名义之大防、中原文献之要实,持与神州陆湛,万劫不复,何有于一图之存亡耶?且图意固以隐宗高澹自况者,当其彭泽免归,故园松菊犹有岁寒栖老之娱;迨元熙禅代,孤云靡托,绝景穷居,窃比于西山夷叔,其志可悲。所作篇章,类皆悼国哀时,感愤凄怆之辞,十六年间,处世屡异。以今视昔,岁不及半,而患杂馀生,身世共之,变端之

遽，迨有甚焉。且南山要路，既无齎酒之故人；西庐联唱，但有挈杖之佚老，神观遐漂，穷波蹭蹬，然则君子之为事物所感触，又若与斯图前后信有征应者，非欤？图既失，君意殊无所恪，不为物絯，尝属予更图而更名之，卒卒未有以报。今复得之饮马桥市估之手，鬲年陈迹，恍若鬲生相遇，坡老亡书之叹，孟阳还研之歌，拊物切情，伤今念往，率尔溥削不自知其老泪之弥襟也。

粤在横艾困顿之年，季春之昔，樵风逸民记在吴小城石芝西堪，时乔吴三十有四年也。

以图籍喻中原文献；以失图，比亡国；以一图历年命运之变化，比喻从晚清乱世，到革命之后、神州陆沉死生桑海之大变；以经历退隐到易代之际，陶渊明隐逸闲适和平安宁生活之希望落空，从高蹈到悲愤，比孙德谦希望之落空，从闲谈到绝望，总之，借图寓兴亡之感，借陶潜说易代故事，“文化神州系一身”，写出遗民心情身处三千年未有之变局活生生的存在感受。

五　辛亥前后以诗画同体、题咏明志的文学现象

以诗、画、书合一的文艺样式，来作群体题咏，是近代诗学的重要现象，作品之多，超迈前代。以下是不完全统计：

刘廷琛《潜楼读书图》题咏，青岛，1912 年。

梁鼎芬《崇陵种树图》题咏，北京，1913 年。

徐积余《重绘定陵访碑图》题咏，南京，1912 年，以及《勘书图》、《小檀栾宝勘词图》。

王舟瑶《后凋草堂图》题咏，广东黄岩，1913 年。

陈夔龙《水流云在图》题咏，北京，1911 年。

劳乃宣《釜麓归耕图》(1913)、《崂山归来去图》(1915)题咏，青岛。

唐晏《湖山招隐图》(1918)、《清溪耕乐图》(1918)题咏，北京。

此外，还有严复《江亭饯别图》、邓实《鸡鸣风雨楼图》、陈铁如《坐菊图》、朱孝臧《斜街补屋图》、缪艺风《垂虹感旧图》《蕉窗读画图》、《广雅书局图》、徐珂《纯飞馆填词图》、陈宝琛《听水斋图》、《听泉图》，孙雄《诗史阁图》、杨补凡《悬萝钓渚图》、陈尧峰《园居图》、叶楚伧《汾堤吊梦图》、萧幼葵《水村图》、赵尧生《万松深处图》、吴晋仙《板桥残照图》、龚怀西《蘧庄图》、汤愍公《东坡教琴操参禅图》、沈曾植《朱阳馆图》、《三希图》、《朱完者所绘东坡图像》、程白葭《芦花诗梦图》、《精忠柏断片图》、吴颖涵《独坐图》、汪鸥客《山居图》、罗四峰《仙源归棹图》、吴芝英所藏《董小宛孤山感事图》、《马湘兰翠袖佳人图》、方婉仪《秦楼惜别图》、黄媛介《流虹桥遗事图》、徐贯恂《梅花山馆读书图》、陈仁先《听松图》、《种菊图》，吴鉴泉《鉴园图》、吴絅斋《九钟精舍图》、潘莲巢《焦山图》、马通伯《碧梧翠竹山馆图》、曾伯厚《西山永慕图》、郑孝胥《天宁寺听松图》《海藏楼图》、胡国敬《匡庐归隐图》、《匡庐观瀑图》，朱念陶《天山归猎图》、刘世珩《枕雷图》、陈曾寿《南湖寿母图》、易实甫《北雅楼闲居著书图》、《珠帘争看图》，缪荃孙《双红豆图》、周庆云《灵峰补梅图》、周庆云、朱古微《南湖秋禊图》、朱古微《归鹤图》、《填词图》、庞檗子《玉琤瑽馆填词图》、柳亚子《分湖归隐图》、王一亭《为日本人水野疏梅画坡翁笠屐图》、高天梅《风木西悲图》、廉南湖《津楼惜别图》、韩立凡《梅隐图》等。[①]

---

① 参见罗惠缙前揭文；胡晓明、李瑞明：《近代上海诗文系年编》，上海教育出版社 2005 年版。

六　再认遗民问题：政治与道德的基础

晚清遗民对于亡清的态度，无论从民国还是从共和国的立场来看，都属于落后、反动。有必要再加以“再认”么？譬如王国维之死，如果是“殉清”，似乎也就只是封建流毒的受害者，不值得同情了。这样的观点其实在学术界占据主流的地位，于是清遗民的真实心态，长期以来并没有得到公正的了解。这里试再就此图的题咏内容，略作提示。

第一，亡国与亡天下。

顾炎武说：“易姓改号，谓之亡国。仁义充塞，而至于率兽食人，人将相食，谓之‘亡天下’。……保天下者，匹夫之贱，与有责焉耳。”（《日知录·正始》）这里，一是政治秩序，一是社会道德，

第二，清室作为文化象征。

第三，文献图籍不仅作为文明载体，而且用为寄命谋生之具。

结语：诗画与舟：变动时代流寓文人的心灵止泊之所

王国维有一篇著名的词学文献：《彊村校词图序》。朱孝臧1925年在上海，请吴昌硕画了一幅校词图，大家都来唱和。后来龙榆生还把它编成一个集子，王国维写了这篇序。这幅“校词图”的意义，其实是朱氏周围文化遗民心中的一个文学图腾。王国维这篇序的中心是写朱古微他们因为回不了家，身心不得安顿，所以借着“词学”这个图腾来招魂。核心大义是讲变化的时代，文化人读书人的乡愁。他用历史变迁的眼光来看这个事情。

古代读书人与家乡的关系，可分成三个阶段：

（1）古者卿大夫老则归于乡里。有去国而无去乡。（古代士与乡为一体）

（2）后世士大夫乐居平生游宦之地，乐其山川之美也。（游宦与自然山川之美为一体）

（3）近世士大夫山川之美没有了，家乡故土也没有了，他们流寓之地，是北方天津，南方上海。入非桑梓之地，出非游宦之所，内则无父老子弟谈燕之乐，外则乏名山大川奇伟之观，为什么大家都愿意在这里，而不再回到家乡呢？因为这里有词、有诗、有文，有诗文骨肉之谊，可以借此以生活糊口，可以借此以交流慰藉。“惟友朋文字之往复，差便于乡居。”反而回到家乡，不能安身，亦不能安心。所以，古微先生，“盖以志其故乡之思”也，“其魂魄犹若可招而复也”。所以就画一幅来，大家写诗词来招魂。静庵先生最后感叹：“夫有乡而不得归者，今日士大夫之所同也。”写出了近世奇劫大变来临之时，世局如海，文字图籍如舟，藉以凝聚斯文、安顿身心、止泊灵魂的特殊意义。《南窗寄傲图》以及近世海滨流人的以图明志，以图相聚，正是这样的寄命招魂意义。

“偶像破坏时期”的江南意象

——哈佛燕京所见近代日本江南纪游诗四种述略

本文所见近代日本江南纪游诗四种是：股野蓝田《苇杭游记》(明治四十二年，1909)、伊藤鸳城《江南游藻》(大正五年，1916)、松田敏《禹域游草》(大正九年，1920)、前田慧云《吴楚游草》(大正十一年，1922)。其中，松田没有到北方，他的“禹域”主要指吴越楚蜀，而股野的篇幅中，中国南部尤其是江南的偏多。因而本文就其江南部分作探讨，姑且称此四种诗为江南纪游诗。

日本与江南的关系颇深。《晋书》里就记载当时到江南的日本人，自称为吴太伯的后人。①江南自古纺织业发达，技术与衣冠人才，远播东瀛。②更早的时期、更多的文物，如漆器、墓葬、陶器、铜剑、铜镜、高床式建筑、道教中的炼金术、本草药学、咒术信仰，甚至稻作技术，都有证据表明了古代日本与中国江南深厚的渊源关系。③唐宋明清，日本是汉字文化圈最好的学生，江南不止是“意象”，更是汉字文化圈的中心，发生了深刻的文明驱动力。然而在日本近代脱亚入欧的社会转型进程中，“江南”渐渐变成一个残破、衰老、混合着昔日荣光的怀旧、落后保守传统与文明新机的文化意

---

① 《晋书·四夷传》：“倭人，……自谓太伯之后。”《梁书》也有同样的说法。日本室町时代的学僧中严丹月（1300—1375）也主张日本的神武天皇乃吴太伯之后裔，多半依据唐人修的史书。

② 早在日本应神天皇三十年（约306），天皇就派遣使者至江南，请求赐以纺织技工。使者辗转高丽，经长江到达江南，获吴王赠日本兄媛、弟媛、吴织及穴织等四名女性纺织技工。事载日本最早的历史文献《日本书纪》。又约150年之后（约469），一位名为身狭村主青的日本人，领吴国的使者来访，并带来会做汉织、吴织的技工。《书纪》以“吴原”称“吴”。参《中国江南与日本文化》，《历史月刊》1991年第5期。

③ 1989年日本北九州佐贺县发现了弥生时代的大型聚落遗址——吉野里遗址，丰富的出土文物为中国江南文化是否影响日本提供了新的考古证据，尤其为从渔猎为主要生产方式的绳纹时代（前7000—前200）发展到以农业为主要生产方式的弥生时代（前300—300）这一巨大文明跃进，提供了一种解释。

象，这在近代日本的汉文学书写中，心态尤为复杂奇诡。

自1862年“千岁丸”首次上海之行，经由上海进入长江的航道便成为近代中日首选的海陆交通要道，由上海至四川的长江两岸，成为最常见的旅行行程。其中尤其以长江下游的江南旅行①，成为停留人数与时日最多的观光区域。因而，学者、官员、商人、军人、浪人等各种层次的日本人旅行游记渐多，一种古老而新兴的文学传统正在加快流行，其中“江南意象”突出地放大。就我所见，到过江南并记录江南的相关游记作品有：幕末明治时期有曾根俊虎《清国漫游志》、纳富介次郎《上海杂记》、宇野哲人《支那文明记》、竹添进一郎《栈云峡雨日记》、冈千仞《观光纪游》、峯洁《清国上海风闻录》、后藤昌盛《在清国见闻随记》、永井禾原《观光私记》、德富猪一郎《支那漫游记》、河东碧梧桐《支那游》、诸桥辙次《游支杂笔》等二十余种②；大正时期有上冢司《扬子江中心游》、竹内逸《支那印象记》、鹤见佑辅《偶像破坏时期的支那》、迟冢丽水《新入蜀记》等③，以及国内已经译介的内藤湖

① 本文的江南，依日本近代学界的惯例，为包括洞庭湖流域在内的大江南。本文所涉及的对象如《江南游藻》，即如此使用“江南”一语。然而本文更集中论述有关杭州、苏州、南京、上海的作品。

② 小岛晋治监修：《幕末明治中国见闻录集成》第1—20卷，ゆまに書房1997年版。

③ 小岛晋治监修：《大正中国见闻录集成》第1—10卷，ゆまに書房1991年版。关于日本人西游的游记，据张明杰说，“国立国会图书馆支部的东洋文库收藏为最，该文库近代中国研究委员会于1980年编辑出版了《明治以降日本人的中国旅行记解题》，对该文库所收藏的明治（1868—1912）、大正（1912—1926）、昭和（1926—1989）三个时期（截至1979年）逾四百种中国游记，作了简要提示或简介。其实正如此书前言所及，‘这个数字与明治以来日本出版的全部中国旅行记相比，只是九牛一毛而已’”。（张明杰：《近代日本人中国游记·总序》，见《考史游记：近代日本人中国游记》，中华书局2007年版，第2页）尽管昭和时期占了这个数量的三分之二，然而前两个时期的遗失仍然相当大。

南、青木正儿等的多种著作。近代中日文化交流史以及上海史学界已经涉及对于这些游记的利用①,对于日人在华游览诗的研究与介绍,近年来已有陈福康、蔡毅等人的研究成果,但具体到江南纪游文学,仍有较多的论述空间②。

据笔者在哈佛燕京图书馆的调查,已经收入大型总集《日本汉诗》的诗人中,仅在近代幕末明治大正时期,即中国的晚清民初,写过江南游览诗的,有竹添进一郎(《栈云峡雨诗草》)、副岛种臣(见《苍海全集》)、森槐南(见《槐南全集》)、岩溪晋(《裳川自选稿》)、本田种竹(《戊戌游草》)、永井禾原(《来青阁诗集》)、田边为三郎(《碧堂绝句》)、田边太一等十余人③,而哈佛燕京所藏松田淞雨《禹域游草》等四种④,其中三种未收入《日本汉诗》,有两种亦未曾著录于任何一种诗学目录或见称于任何一种诗学论著,因而具有较新鲜的文献价值⑤。这四位用汉文写作的诗人,

① 王晓秋:《近代中日关系史研究》,中国社会科学院出版社1997年版;张明杰:《近代日本人中国游记》;黄俊杰:《东亚儒学史的新视野》第玖《二十世纪初期日本汉学家眼中的文化中国与现实中国》,台湾大学出版中心2006年版。

② 陈福康《日本汉文学史》第四章《明治以后》第十一节《旅游中国的汉诗》,论及从明治到民国十九名汉文学家的纪游文学,其中到过江南的有大半(上海外语教育出版社2011年版,第306—308页)。蔡毅《日本汉诗论稿》中论及日本汉诗的西传踪迹,尤其是明治时期的情况,如《长崎清客与江户汉诗》论述清朝的商客如江芸阁在中日文化交流中(汉诗)的作用(第232—254页),《陈曼寿与〈日本同人诗选〉》论述该书是第一本中国人编辑的日本汉诗,而不是俞樾的《东瀛诗选》(第255—272页),又如《俞樾与〈东瀛诗选〉》一文,论述了回流的个案(第273—301页),等等。(中华书局2007年版)

③ 此外,陈福康《日本汉文学史》中《旅游中国的汉诗》一节,论及近代写过江南纪游诗的,还有日下部鸣鹤、王半田、田冈淮海、狩野直喜、铃木虎雄等。

④ 据沈津先生对笔者说,哈佛这批近代日本的汉诗别集,约有五百种,大部分都未曾著录。应是汉语文学在海外的一笔巨大且未开发的资源。

⑤ 陈福康《日本汉文学史》中有两页的篇幅介绍松田淞雨《禹域游草》(第306—308页),似是唯一论述这部诗集的著作。

具有达官、诗人、学者、教师等不同的身份，都到过上海、杭州、苏州、南京等江南中心城市。他们在作品中所反映的地域，恰是所谓“偶像破坏时期的”中国之江南；他们既有较多样的身份，代表较广泛的近代日本社会阶层，也属于较为保守、对中华文化有较多感情与了解的日本汉诗写作者，身处近代日本社会心态对中华文化由仰慕转为轻蔑的时期，而他们原先所珍视的诗歌文化如何参与近代心态的大变化，由此不仅可以以点代面，透视偶像破坏时期变化的中国观，而且可以观察“想象的中国”转变而为“风景江南”或“意象江南”的虚实嬗变，由此反观近代江南美感经验在近代转型中的丰富面相，无疑是十分有趣的诗学课题。

一　四种诗集的版本、作者与主要内容

1. 股野蓝田《苇杭游记》（不分卷，共七十页）

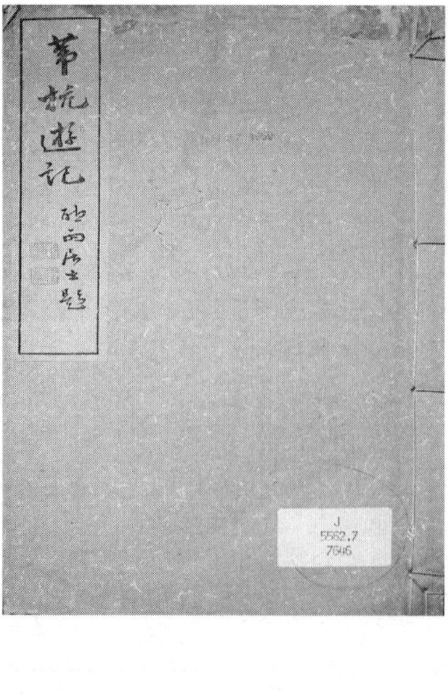

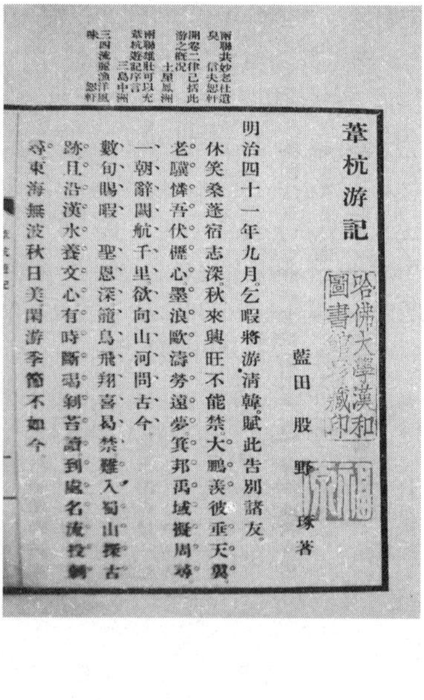
葦杭游記

藍田　股野琢　著

明治四十一年九月乞暇將游清韓。賦此告別諸友。

休笑桑蓬宿志深。秋來興旺不能禁。大鵬羨彼垂天翼。老驥憐吾伏櫪心。墨浪歐濤勞遠夢。箕邦禹域擬周尋。一朝辭闕航千里。欲向山河問古今。

數旬賜暇 聖恩深。籠鳥飛翔喜曷禁。雖入蜀山探古跡。且沿漢水養文心。有時斷碣剝苔讀。到處名流投轄尋。東海無波秋日美。閑游季節不如今。

扉页有"遒健 明治己酉一月,公爵博文题","探古迹 养文心 摘录蓝田翁留别诗中语以代题言。光显"等字。

股野琢(1839—1921),字子玉、蓝田,号邀日楼主人。播州龙野质达轩之子。明治四年(1871)入教育部,曾任内阁记录局长、宫内省书记官、帝室博物馆总长、内阁顾问官等。有《介寿集》。

《苇杭游记》记叙了1908年(明治四十一年,光绪三十四年),作者从日本始发,经韩国,从北向南游历大半个中国的散文游记及诗歌。包括序言、正文、附录,其中正文的前半部分记叙的多为韩国、中国北方的事迹,与江南无直接关系,后半部分是游南京、扬州、苏州、杭州,经上海而返长崎的游记兼诗。其编排方式完全是日记式的以日为题。

是集较可贵的是,几乎每一页的天头都有评点。有三岛中洲、土屋凤洲、信夫恕轩、竹添井井、重野成斋、森槐南等明治时期著名诗人的参加。集末有三岛中洲、重野成斋、森槐南的跋文,以及永井禾原、大江敬香、秋月天放、芳川越山、末松谦澄、土居香国、森槐南、山口霞村等二十余人以及中国江南诗人瞿鸿禨等人的次韵留别诗。瞿氏与股野氏有父执之谊,称他为"海外诗仙"。

书中有著名诗人信夫恕轩、土屋弘及省轩龟谷的序。信夫从汉文学的纪游文学大传统来论述,认为"放翁《入蜀记》,有此清秀可爱,而无此奇异峻拔;石湖《吴船录》,有此奇异峻拔,而无此清秀可爱"。土屋从私人纪游与宦游文学两种传统的合一来表彰。最有意思的是省轩龟谷,分明从南北中国的不同特色着眼:

过山海、居庸二关,瞻万里长城,风云惨淡,飞沙扑面。

度易水想荆卿,水声犹怒,于是乎,苍苍莽莽,幽燕千古之感,郁勃毫端焉。余不觉浮一大白读之。既而逾黄河,望明月于武昌,开快帆于洞庭,听歌秦淮,揽奇西湖,则其诗清秀,领吴楚芳华。余又浮一大白读之。

2. 松田敏《禹域游草》(不分卷,共七十页,一百四十九首诗)

大正九年十月(排印本)		
著述人:东京士族松田敏		麻布区霞町一番地
编辑兼出版人:岛县士族马庭义雄		东京市下谷区谷中初音町四町目十三番地
颁　行	文渊阁	东京市浅草区东仲町
	琳琅阁	东京市本乡区本乡五丁目大学前
书肆:有田传助		松江市末次本町七十二番地

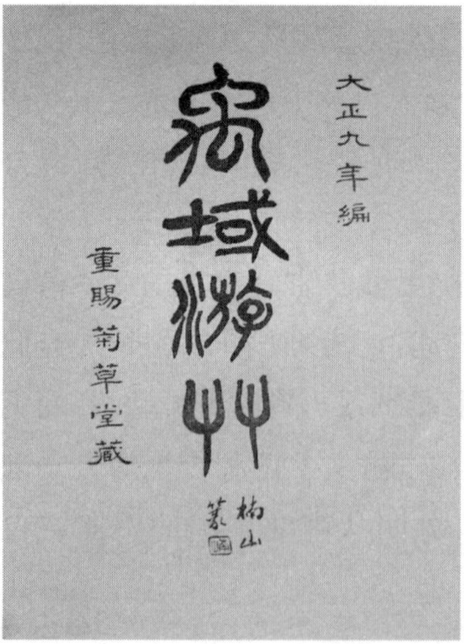

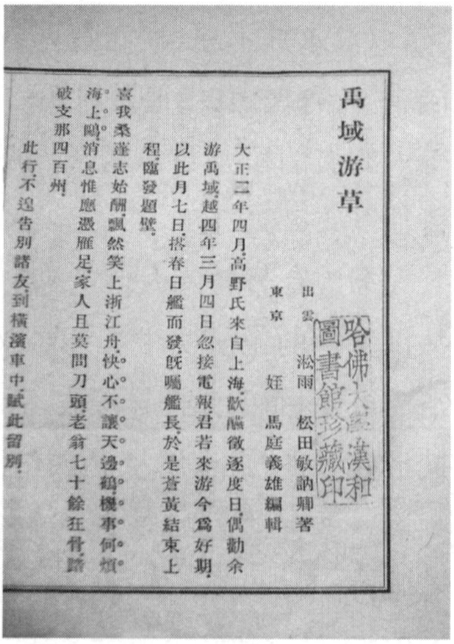
禹域游草

出雲　淞雨　松田敏訥卿著
東京　姪　馬庭義雄編輯

大正二年四月，高野氏來自上海，歡臨徵逐度日，偶勸余游禹域，越四年三月四日，忽接電報，君若來游今爲好期，以此月七日，搭春日艦而發，既囑艦長，於是蒼黃結束上程，臨發題壁。

喜我桑蓬志始酬，飄然笑上浙江舟，快心不讓天邊鶴，機事何煩海上鷗，消息惟應憑雁足，家人且莫問刀頭，老翁七十餘狂骨，踏破支那四百州。

此行不遑告別諸友，到橫濱車中賦此留別。

作者松田敏(1847—?),号淞雨。曾为松江地方法官①。退休后是一隐居于城市的汉诗人,晚岁开馆授徒。其弟子高桥顺有诗《淞雨先生瑜洲先生捐馆既十七年淞雨雪田两先生亦相踵即世怀旧怅然为三贤咏》云:

先生性恬淡,昂昂云鹤姿。晚节隐城市,吟咏寄幽思。穷通附云烟,超然脱尘羁。身虽居人境,神游白云陲。老大始执贽,绛帐久仰师。烟霞趁兴乐,江山载笔随。诗风旨敦厚,六义极幽微。长留天地间,西游百篇诗。(《守真草堂诗存》卷一)

大正六年(1917)三月,松田敏游历江南八十五天,时年七十余岁②。此行有诗百余篇,辑为《禹域游草》。一百四十多首诗中,有一半是写江南。前有《自叙》,略云:

大正乙卯三月,上海亲戚高野氏寄书劝予游于禹域,余欣然理装泛海。是月十三日达上海,寓高野氏家。十六日驾轮船泝江,望焦山、北固,经镇江、彭泽、浔阳、武昌、赤壁、汉阳、荆州,抵宜昌……既而下江。数日而抵南京,驰马车观明故宫及谒太祖陵,遍探诸胜,夜宿蓬莱馆。明日再抵镇江,游焦山、北固、甘露寺、金山寺,宿迎氏家。夜半搭火车游苏州,夜归上海。越月更游杭州,探西湖之胜,宿湖畔新新馆。是行为日八十有五日,行程凡五千七百浬,春夏之交,落花舞

① 诗集中有《席上赋似主人岳翁诸冈氏》,自注有“明治八九年之交,余与诸冈氏共司民刑裁判,同在松江鸟取法衙”云云,可知其曾为松江地方法官。

② 《大正二年四月,高野氏来自上海,欢醼徵逐度日,偶劝余游禹域。越四年三月四日,忽接电报:君若来游,今为好期。以此月七日,搭春日舰而发,既嘱舰长,于是苍黄结束上程,临发题壁》云:“老翁七十余狂骨,踏破支那四百州。”

风,绿阴凝黛,杜鹃啼血,不堪俯仰今昔之感……禹域之游,中古则有秘书晁监、浮屠空海,輓近探讨之诸家颇多,皆有记游,如《栈云峡雨日记》、《观光记游》、《苇杭游记》诸篇是也。予所赋之诗,古今体若干篇,题曰《禹域游草》。

他所提到的游记如竹添进一郎(1842—1917)《栈云峡雨日记》(又有《栈云峡雨诗草》)、岗千仞(1833—1914)《观光记游》、蓝田股野琢(1839—1921)《苇杭游记》,皆是当时最有影响力的游记,作者皆到过江南,或以江南为游览的中心。由此可见此书是作者向这样的明治文学传统致敬之作。

3. 前田慧云《吴楚游草》(不分卷,共四十八页,一百二十二首诗)

大正十一年六月十日印刷(刻本)	大正十一年六月十三日发行(1922)
著者兼发行者:前田慧云	东京市本乡区西片町十
印刷者:流合社代表　黑木秀夫	东京市神田区五轩町十九

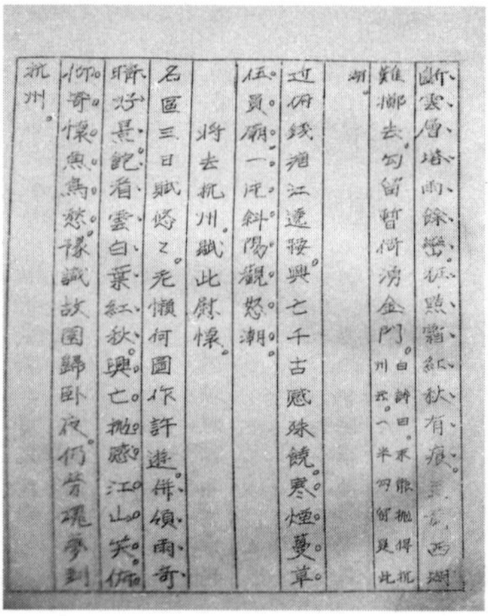
斷雲層塔雨餘巒,[illegible]照[illegible]紅秋有痕。[illegible]西湖
難挪去,勾留暫倚湧金門。白詩曰。未能拋得杭州去。一半勾留是此湖。

近俯錢塘江遠接,興亡千古感殊饒。寒煙蔓草
伍員廟,一抹斜陽觀怒潮。
將去杭州賦此慰懷。
名區三日賦遊之。無懶何圖作許遊。[illegible]領雨奇
晴好景。飽看雲白葉紅秋。興亡拋感江山笑。[illegible]
仰奇懷。魚鳥愁緣識故園歸。卧夜仍嘗魂夢到
杭州。

前田慧云《吴楚游草》扉页有自题诗：“归卧草庐岁云暮，游踪回首半茫茫。西湖烟雨洞庭月，也是浮生梦一场。”署款“丁巳岁□□作，止舟斋人□”（□处，辨识不清），此应是作者的手书。

此稿虽封面题为《吴楚游草　辽韩吟草》，但其实最后一页，《辽月韩云吟草》只有三首诗，不足成集。可能是未完成之作。由此也可知北方其实没有多少诗料，真正的诗料在“古典事物”中①。

前田慧云（1857—1930），明治、大正时期净土真宗本愿寺派宗师，号止舟斋、含润，谥号含润院。出生于三重县伊势市西福寺，1880 年继任该寺住持，1900 年赴东京，任教务讲究所长，1903 年任高轮佛教大学校长，1905 年任《（靖国纪念）大日本续藏经》主编，1906 年任东洋大学校长，1917 年任西本愿寺顾问，1922 年任龙谷大学校长，著有《大乘佛教史论》、《本愿寺派学事史》、《真宗学苑谈丛》等，现有《前田慧云全集》八卷刊行于世②。

作者于大正六年（1917）十月十日从神户出发，入上海，游苏州、嘉兴、杭州、南京，然后再乘船下汉口、经长沙，游洞庭、宜昌、江陵，然后折返镇江，溯运河抵扬州，然后再回镇江，经苏州、上海，十二月一日启程返回日本。历时五十天，得诗约一百二十余首。大部分作品写苏州、杭州、金陵。

---

① 青木正儿《江南春》：“议论归议论，诗趣却要求我注目古典的事物。”（王青译：《两个日本汉学家的中国纪行》，光明日报出版社 1999 年版，第 101 页）

② 感谢蔡毅教授提供此条资料。又参见佛缘网站，http://cidian.foyuan.net/word/328763/。

4. 伊藤鸳城《江南游藻》(又名《江南三十图诗画》，不分卷，共六十二页，六十四首诗)

大正五年六月十日印刷(排印本)	大正五年六月十五日发行(1916)
发行所：江南吟社	大阪市东区十二轩町九番地
发行兼编辑人：渡边蕃	大阪市东区十二轩町九番地
印刷人：山木实治	大阪市东区唐物町一丁木九番地三木印刷所

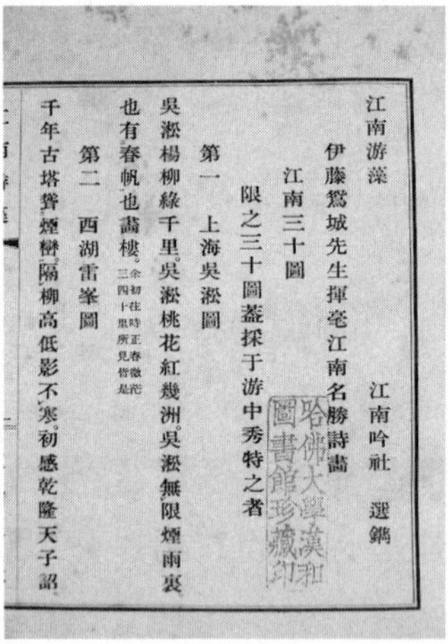
江南游藻　江南吟社　選鐫
伊藤鴛城先生揮毫江南名勝詩畫
江南三十圖
限之三十圖蓋採于游中秀特之者
第一　上海吳淞圖
吳淞楊柳綠千里。吳淞桃花紅幾洲。吳淞無限煙雨裏。也有春帆也畫樓。余初往時正春徹花三四十里所見皆是
第二　西湖雷峯圖
千年古塔聳煙樹。隔柳高低影不寒。初感乾隆天子詔。

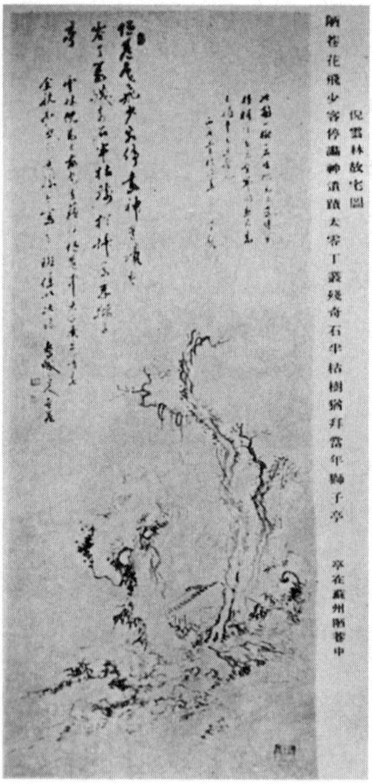

伊藤谦(?—1937)，字士兼，号鸳城，广岛人。似未出仕，属当地汉诗名流。书前有友人渡边白峰的序，略云："偶会鸳城伊藤翁于南都三笠山下，得观翁江南实探诗画三十图本。喟然叹曰：即是真个支那名山活画……凡江南真山水之脉络，历历可凭

证。呜呼，今世无士大夫之画者久矣，今而始观之，何快复加？顾今世善画之人，未必善诗，善诗之人，未必擅画。或虽兼有远凌洞庭之浩淼，深冒三峡之险巇，诗之画之齐归者，除翁之外，天下始殆无人。呜呼，翁之业可谓伟矣。”表明此著的特点是合诗画为一集①。

据集中《癸丑六月念二日风雨溯三峡留泊万县》、《山阴兰亭图》“癸丑恰逢二十六”，以及《江南三十图》第一《上海吴淞图》中自注“余初往时正春可”，可知，诗人于大正二年（癸丑，1913）的春天由上海入中国，游苏州、杭州、南京等地，于同年六月回到日

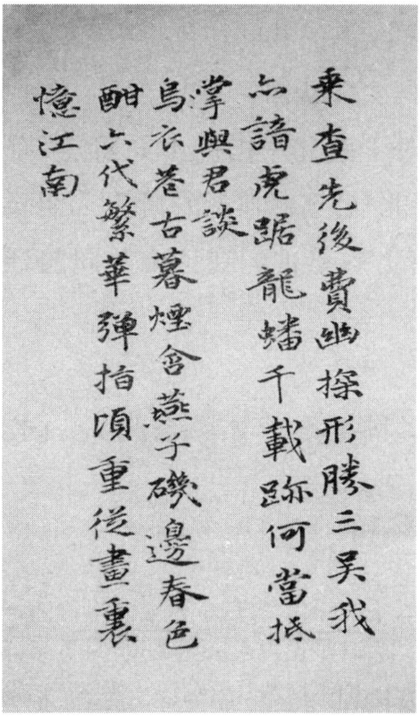

① 内藤湖南有《题吴山楚水册乃大谷尊由上人画光瑞法主所题咏》（《内藤湖南汉诗文集》，广西师范大学出版社2009年版，第27页），可见江南诗画合一非仅此一种。

本。三十幅图中，只印了三幅，大部分写苏、杭、宁的名胜。

书前有吴昌硕、内藤湖南、拜山、木苏牧等人的题辞或题诗。如吴昌硕题辞云："东邦近世以汉诗称者，有森槐南君，大著颇似之。盖汉诗之佳处，曰风韵、曰态度、曰声调，能喻此可以颉颃前辈矣。癸丑六年读鸳城先生纪游诗。老缶。"内藤湖南的题诗，最末一句作"重从画里忆江南"，《内藤湖南汉诗文集》作"空从画里忆江南"(第 18 页)。案，"空"应作"重"。

二 近代日本汉诗人的江南认同与心理落差

下面略述四部汉诗的共同特色。

1. 南北区分与文化认同

日本汉诗人对于南北中国的不同特点，有明确的认识。他们常常会用"南船北马"这样典型的概括[①]，自觉比较南北风土民情的不同，尊南抑北[②]，是他们在诗中共同的抒情叙事策略。如《苇杭游记》云：

> 北清无水利之便，劳驴背、马脚多矣；南清则不然，凿沟渠

---

① 如《江南游藻》序称："余往年在支那久矣。南船北马，细观彼土名山大川。"

② 在日本诗人看来，江南的坟场也是充满生机的，与北方不一样。青木正儿《江南春》里写道："翌日早晨再次来到那里，只见冢群高低起伏，野水潺潺流淌其间，平坦处有麦田、油菜田和紫云英像一幅镶嵌的图案，水边有洗衣的少女，水面上浮着鸭群，冢上放牧着活泼的山羊，柳树下拴着懒洋洋的水牛，我坐在冢上想到——为什么汉代的诗人们那样悲伤地吟咏累累古冢呢？我还没有见过洛阳长安的坟冢，不能理解诗人们的心情，但至少南方的坟冢决没有那种阴郁的气氛。在日本的墓地排列着冷冷的石块，即使是鸟语花香的好时节，我也从未把那里当作散步的好去处。"(《两个日本汉学家的中国纪行》，第 98 页)

以分江水，挟水构屋，往往屋前无路，以水为路，舟楫往来户庭。乃知彼所谓“南船北马”，不啻匆忙之谓，亦记其实也。

诗见：

万里秦城鞍马过，六朝萧寺笋舆寻。（《苇杭游记》附录四，胜岛仙题诗）

燕市风尘谁荡涤，鸡林塔阁几登寻？（《苇杭游记》附录四，高岛张辅题诗）

民情异趣江南北，定识观风察古今。（《苇杭游记》附录五，松浦厚题诗）

股野是从北方入中国，一路走来，南北差异的感受新鲜真切，所以他在京城抱怨：“衣上风霾积三寸，燕京到处土如灰。”（十月十四日）一过黄河，就有自己家乡的感觉：“过河则风物一变，山青水清，绿树茅屋，田畴狭小，畛域判然。荞花曝雪，稻实收金，光景有似我邦者。”（十月十五日）“二日朝，佣轿抵城中玄妙观，观内热闹，若我浅草寺。”（十一月二日）评点此集的诸友人亦有同感：“河南北风土之异，古今亦然”（中洲语）；“风土一变，文亦一变”（凤洲语）。他游西湖湖心亭的诗，友人中洲评点：“北清恐无此种景趣。”

无独有偶，《禹域游草》的作者也有同样的感受：

一望田畴麦杂桑，接天遥见菜花黄。客愁忽散缘何事，笑道松江是故乡。余生松江藩，偶以地名相同，三四故云。（《过松江驿书感》）

> 禹域山川仔细探，路依扬子北仍南。游吴窥蜀程超万，探胜寻奇峡泝三。归到琼江鱼脍腻，行过摄市酒泉甘。我邦风物令人快，乔木蒸云水染蓝。余漫游中所经除扬子江上流、杭州西湖、姑苏、灵岩、天平之外，概童山浊水也，第七八句故云。(《宴酣余辞东归，汽车中书感》)

将江南认同为故乡，是日本游记的普遍感受。[①]后一首诗中，作者对比江南与华中、江右等地，得出结论除江南外皆“童山浊水”，这也是江南在日本人心中仍然有很高评价的一个例证。

《吴楚游草》的作者前田大概没有去过北方，无从比较，但是细读他的诗歌，也多少看出他总体上对当时北方中原的负面印象：

> 禹域如今谁将将，多多益善亦无才。萧萧落木中原冷，残日秋风韩信台。(《浦口望韩信台》)

谈到人才问题，不是一般泛泛的吊古伤今，而是讽喻中原人才已空。

2. 文化“青眼”与文明的正视

日本汉诗人对于汉文化浸淫甚深，对于具有中华古典深度与浓度的江南文化胜景与风土人情，知之甚稔，融合他们原有的积累，所到之处，在在激活他们的学养、刺激他们的情感、验证他

---

① 青木正儿《江南春》称：“早晨从苏州出发时我的心情就很愉快，从车窗眺望油菜地和青麦田，不知不觉好像正旅行在日本的国土上……经过了上海、苏州的我，好像从大阪回到京都一样感到安心和熟悉，连栖霞山前的景色也变得酷似京都了。”(《两个日本汉学家的中国纪行》，第105页)

们的知识，因而旅行变成青眼有加的享受，情投意合的约会。如下《苇杭游记》的诗句云：

> 月落乌啼惊客魂，乾坤犹有一诗存。古钟声断新钟续，夜半江枫渔火村。（十一月二日游记）
>
> 休言处士有儿墓，仍是梅妻鹤子人。（十一月五日游记）
>
> 有时断碣剥苔读，到处名流投次寻。（九月二十日游记）

松田在西湖，看见的柳树，无往而不是苏轼的树，看见的梅花，无往而不是林和靖的花：“林家梅又苏家柳，粉饰西湖志上来。”（《客馆水楼偶兴》）伊藤鸳城在绍兴，看见禹王庙，感慨“我日光庙之壮丽，或采于兹耶?”（《会稽禹王庙图》）在苏州，看见天平山，也疑心“我西都天枫或出于兹”（《天平联驴图》）。在杭州灵隐寺烟霞洞中游，想起的是庄子的典故：“如壑藏舟穿灵壁，疑是混沌犹未死。”（《烟霞洞》）前田慧云在苏州，看见普通的吴地女子，也似乎遇见了吴宫仙娃，“认得吴王遗韵在，斜阳画舫载佳人”；看见普通的渔民，也恍然间看见了唐代诗人陆龟蒙来了，“笠泽烟笼午未晴，白芦红蓼水纵横。漾船莫是天随子，蓑袂笠檐残滴声”。（《二十七日赴杭州途次过松江书所见此日晴雨靡常》）我们从《禹域游草》的小序的语气中，可以感受到诗人松田完全不像是一个外国游客，没有异乡的感觉。他几乎是将中土当作自家的祖国来旅行。作为一个汉诗人，从古典文学中知道了江南地名与胜景的美妙，常常在诗中流露出他这方面较多的知识。如江南的名胜，“焦山岛下夜系船，胜境喜闻天下传”，“一抹春山染眉黛，傍人说是润州城”；如江南的美食，“巨口细鳞与鲈似，平生惯见画图里……何料年来画中物，天许远客恣老饕”。

(《屡食鳜鱼书感》)喜欢化用有关江南的成句与名典入诗,是这四种江南纪游诗的共同特点。如云:

车帏快受凯风来,千里桑田嫩绿堆。五月临平山下路,汀洲未见藕花开。(《禹域游草·过临平山下,忆僧道潜诗》)

中断楚江疑鬼工,危岩对峙势巃嵸。千秋不变东流水,船在青莲妙句中。(《禹域游草·天门山》)

鳜鱼登钓已春酣,两岸垂杨拂碧潭。万里平安能健饭,落花风里过江南。(《禹域游草·寄内》)

蟠蜛魁然逼九昊,香炉剑岳竞嶙峋。鄱阳湖畔骑驴去,看得庐山面目真。苏东坡句云,不识庐山真面目,只缘身在此山中。(《禹域游草·庐山》)

飞塔穿云知北固,垂杨夹水到扬州。坡公评骘谁疑议,胜境长江最是尤。(《禹域游草·游金山寺》)

浙江近暎沧溟日,欲送胥潮直到门。宋之问灵隐诗曰:"楼观沧海日,门对浙江潮。"盖韬光宝景也。(《吴楚游草·韬光庵》)

平芜千里雨初收,水没柳塘眠水牛。何处江湖皮陆社,碧空蒙里入苏州。(《江南游藻·过松江驿怀甫里祠》)

晚辞客舍入苏城,塔式含山落照明。乌帽青衫堪画否,杨花风里跨驴行。(《江南游藻·苏州城》)

他们还喜欢模仿中国诗人的名诗结构,如伊藤的"南宋城墉百千雉,绕沟芳草紫云波。山川襟带浓如画,只有吴儿唱棹歌"(《舟绕绍兴驿吊南宋城址》),分明是向李白《越中览古》"越王句践破吴归，义士还乡尽锦衣。宫女如花满春殿，只今惟有鹧鸪飞”致敬。

他们还特别喜欢诗、禅相通的典掌。譬如《禹域游草》的作者松田用参寥（即道潜）的诗句来代替自己的感受，而《吴楚游草》的作者前田慧云过临平时，也以参寥的诗句为抒情图式：“风蒲猎猎舞蜻蜓，想见花时红藕明。曾诵参寥好诗句，依稀光景认临平。”（《临平》）又如他们都喜欢金山寺，而且都同样喜欢苏轼玉带换袈裟的故事。[①]伊藤云：“今日山门观玉带，卅年渴想一时销。”（《镇江金山寺图》）松田亦曰：“笑解腰间苍玉带，山门作镇已千秋。”（《管长普静大和尚，相迎茶谈，出示苏东坡玉带及书轴等》）

也就是说，文化与文学上的意象江南，早已建构了他们的前理解。然而，另一方面，近代江南社会现实破败，使他们不得不感受到文化江南与现实江南的精神落差，这又逼他们不得不以文明发展的眼光来正视，股野琢在苏州的游记云：“闻唐代藏经罹垡贼灾，悉归乌有，可惜也。午后又佣轿子，经二里抵寒山寺，小院荒废，有一钟，系近时新铸，闻团匪之乱，古钟为恶汉所夺，落上海古董商手。后转归我富山县某寺，寺僧当铸造大钟，投之炉中以充其用云。张继《枫江夜泊》诗，脍炙人口，今唯有文徵明勒其诗之断碑，他无足观者；枫江亦一小渠耳，使人呆然。”（《苇杭游记》。凤洲评点：“古迹煞风景，往往有此类。”）虽然退休的法官松田对江南有很高的期望，如云“惊见东洋之一角，欧言米

① 苏轼《以玉带施元长老元以衲裙相报次韵》之一：“病骨难堪玉带围，钝根仍落箭锋机。”后人演义而为与金山寺主持诗禅机锋的故事。这个故事是借苏轼来表达皇权向佛门致敬，是中国佛教最美的故事之一。在日本人心目中，皇权的尊严很高，但是最高的尊严还是佛教的尊严。

语即龙敦。世人称上海谓东洋之龙敦伦敦”(《舰达上海，三月十三日》)，但是他可能更多的是失望。因为他所读到的中国文学中有关江南的美文，与他亲眼所见的现实有落差。这个落差一是古典中国面临着巨大的世变，文化精神气脉明显断裂。如云：

> 山河举目秋风冷，无复新亭对泣人。(《吴楚游草·已上二首石头城址》)
>
> 断墙花笑为谁娇，世换无人守庙祧。(《禹域游草·明太祖》)
>
> 谁今振木铎，叹息德之衰。(《禹域游草·宣圣庙在秦淮河岸》)
>
> 崇业萃贤标里门，黉堂虽陋老师尊。圣贤之道行将废，挟册童皆奉兔园。(《禹域游草·沪上学堂崇业、萃贤并里名》)
>
> 纷纷香火簇舟车，武穆崇祠祭不疏。却是青山秋草里，无人复识宋皇居。(《吴楚游草·鄂王庙》)

《沪上学堂》诗中，诗人松田观察到根深蒂固的儒教道德观念还残留在民间与日常生活，而世俗化的教育已经开始改造下一代了。《鄂王庙》中，诗人前田慧云以日本尊王室、崇帝制的观念，反过来看近代中国人的世俗化：岳飞的精忠报国得到了现代民族精神的发扬，而那深山里的南宋皇居遗迹，却深深掩埋了。

另一是现实中国社会的破败。因而，他们往往将古典江南的意象，与现实江南的衰败，对照在一起。如：

> 吴淞春色静朝晖，一岸人家拥钓矶。曾被并刀剪将去，当年胜景已成非。杜甫句云：“焉得并州快剪刀，剪取吴淞

半江水。”今不见好景，盖因地变然耶？（《苇杭游记·晚搭岳阳舰过吴淞》）

岸上晴沙乱涨痕，无山无阜豁乾坤。水晶宫阙在何处，嫩柳疏桃鱼蟹村。张羽句云：“水晶宫阙梦吴淞。”（同上）

千仞振衣俯古吴，秋风百里冷荒墟。豪华雄略两成梦，不独当年王阖闾。（《吴楚游草·绝顶俯瞰吴中形势》）

残柳枯荷乱拥坡，六朝遗迹雨声多。莫愁纵是湖名好，奈此荒凉秋邑何。（《吴楚游草·莫愁湖》）

试问今何时，上下俱无恃。（《江南游藻·彭泽归舟图》）

云连旌旆红毛馆，雨长蒿莱黄歇祠。欲以侏离嘲鴃舌，却怜木石竟吴儿。天涯我是观风客，阅到沧桑泪不支。（《江南游藻·上海杂感》）

这几首表面看起来并没有涉及现实江南，其实讽喻与伤感暗含在语气间。总之，日本汉诗人的一个共同的心态是，渐渐由同文的文化共同体内部感受，转变而为脱离共同体的外部感受。他们多多少少开始疏离那种休戚与共的生命气息，升起一种复杂的，混合着旁观者、考察者、背叛者和共命人相纠结的心绪。这是这类诗歌最微妙的地方。从大的方面来说，吉川幸次郎曾说，明治以后的日本人对中华文化有矛盾的两个方面，一是对近代中国颇为鄙视，一是对古代中国大为推崇。[①]鄙视的原因一方面是他们看到中国政治腐败、民气凋伤，另一方面也正是日本处于明治维新之后的振兴阶段，他们的新的主体性正在生长建构之

① 吉川幸次郎：《我的留学记》，光明日报出版社1999年版，第4页。

中。这就要谈到他们用以观察江南时背后的日本主体性框架。

3. 江南意象的东洋化及其他

正如蔡毅指出，“江户中期以降，日本汉诗开始了‘日本化’的探索，即在遵守汉诗基本规范的同时，也力求体现岛国风情，东瀛特色。这一动向，与当时日本开始增强文化自信、倡导国粹思想的潮流，是一致的”[①]。譬如，如前所论，以日本尊王室的观念来看江南，就觉得现代中国太缺少天朝的尊严。他们会对皇帝的遗迹别具慧心。如松田在杭州的伤感和前田、伊藤在南京等地的欣喜：

何人妙笔画成图，山媚水明天下无。翠辇不来春殿寂，雕栏半日对西湖。（原注：乾隆离宫在孤山之顶，今仅存一栋耳）（《禹域游草·西湖绝句》）

石人无语立寒芜，五百余秋一梦徂。犹胜当年典型在，环陵霜叶灿如朱。（《吴楚游草·明孝陵》）

千年古塔耸烟峦，隔柳高低影不寒。初感乾隆天子诏，名山爱护寺楼看。乾隆帝诏曰：“勿毁寺楼，以助名山好观。”（《江南游藻·西湖雷峰图》）

皇帝睿藻诸公题，文墨风流满绢纸。（《江南游藻·镇江金山寺图》）

曾经写过《中国文明记》的大正时期的思想家宇野哲人，在比较中日关于尊王的观念不同时说：“我国王政维新之际，上有

---

① 蔡毅：《日本汉诗在中国》，在上海师范大学的讲演，2012 年 4 月 26 日。http://bbs.zhsc.net/forum.php?mod=viewthread&tid=2557204。

万世一系之皇室，可使人心归一，而于中国，打倒满清王室以后，又有谁人能够取而代之？每念及此，吾人感谢我国国体之尊，又转而哀悯中国国体易姓革命之不幸。”①

此外，日本汉诗人会在江南意象中强调地融入一些很深层的东方思想。譬如松田谈江南的美食：

> 禹域由来重割烹，郇厨鼐鼎久传名。阿衡若准盐梅法，海晏河清天下平。（《屡食支那鼎食有感》）

盐梅法的核心是一个“和”字。这当然是一个古老的中土思想。但是在近代社会的大变局动荡中，却已经成为已陈之刍狗。而日本文化发扬光大了这一东方思想。这首诗在今天看来，也颇有思想光彩。

用次韵等手法，将日本前辈纪游的史实经典化，这也是他们将江南意象东洋化的一个手法。如伊藤次韵禾原古琴台题诗：

> 古琴台上叹来迟，万里仙槎维缆时。一代峨洋名士曲，四桁山水有声诗。梧青琴榻雨初过，荷白月湖风缦吹。湖海真逢赏音者，孰辞也有绝弦期。（《古琴台次禾原题壁韵》）

中日两国诗人都常用清/浊二元这样的观念去看待世界，但是日本诗人则有更注重在同一地景中，发挥运用如此的认知图

① 宇野哲人：《中国文明记》，中华书局2008年版，第187—189页。

式。如云：

《小姑山》

梵宫占断小姑山，隔绝人寰难可攀。谁识乾坤清若许，终身起卧浊流间。（自注：又行二时，抵金鸡山下，山颇高，东南趾即彭泽县，不知今有继陶令高风者否？一巨岩耸而前，形如鸡笼，高数仞，斗立中流，草树被之，号曰“小姑山”。顶置一亭，腹嵌一寺，朱栏白壁，屋三层，四面崭然若无路者，不知何人创开，何人今往，人间断缘，岂复有若是者乎？）（《苇杭游记》）

《天平山》

袅袅茶烟出薜萝，万岩压寺路盘陀。云泉何有人间意，不分山中俗客多。（山腹有泉一泓，号白云泉。寺僧卖茶延客，白乐天有诗曰“何必奔冲山下去，只添波浪向人间”。）（《吴楚游草》）

前一首，以清浊对比写小孤山的表面上与人间断缘，其实即世间而超世间，“终身起卧浊流间”，即终身与人世相俯仰。后一首，写寺僧卖茶延客，以泉水的口吻，写出深藏山中的泉水，也终不免世俗化的命运。

三　四种江南纪游诗的一些不同特色

退休法官松田的诗风清淡随意，手挥口占，不求精工，有粗服乱头的自在。他的诗有点像日记体，自由记录旅行的生活场景。在上海期间，曾与画家、实业家王一亭聚餐，一见如故，笔谈至烛光见底（“见烛跋”），有诗四首实录当时笔谈内容，交流甚契，场面生动，可补《王一亭年谱长编》[1]及近代中日文化交流史之阙：

> 五月中七，高野氏张宴沪上，招待中外诸绅士，予亦与焉，与王氏一亭名震笔谈赠答，见烛跋而别。
>
> 飞楼邂逅喜何堪，诗酒风流兴更酣。不用象胥传译雷，语难通处笔成谈。
>
> 传觞不觉漏声移，快话更端几解颐。一见真成如有旧，订交便恨十年迟。
>
> 触讳遭灾彼一时，乐夫天命复奚疑。平生只待风云会，毕竟蛟龙不在池。一亭曾与黄兴罹党祸，后免焉。
>
> 当时罹祸也夷然，混迹风尘志益坚。却养心机深悟道，毫端喜写达摩禅。一亭氏善诗画，好写达摩像。

总之，《禹域游草》更多的是一位没有心机、却富于生命热情的老诗人，以旅行自验其所学深浅的游览文学。其特点是，绝句多，篇幅短小，诗思轻灵。正如冈崎所评，“大抵随手而成，善道实际，使人有身历目睹之想……轻轻着笔，不费刻削，平衍流利，自然合拍，此乃姜白石所谓人所难言，我易言之者，亦足以见其诗境老熟矣”[2]。值得细读的是诗人的中国心态，既有追随，又略有俯视，既浪漫，又清醒，是近代日本典型心态。

伊藤的诗风也是清新自然一路，却变化稍多，无论诗体的

---

① 王中秀：《王一亭年谱长编》，上海书画出版社2010年版。

② 《禹域游草》附录，冈崎《书禹域游草后》。

五言七言，歌行与绝句，还是题材与语言的多样，句子的提炼与思想的深度，以及对中国传统的正解，似也要比松田略高一筹。诗风有点性灵派的味道。与松田比较，他更有学者气质。如《彭泽归舟图》既以“先生非弃民，必也如伤视”这样极准确的评价来表达对渊明的理解，更写《渊明故宅图》，通过后人的访问、实地的踏勘，写出陶渊明精神，往往比仅是纸上得来的更真切：

> 数里田畴道，初访柴桑村。萧条野桥侧，开塒放鸡豚。桑麻五亩宅，榆柳荫自繁。曰是陶公址，千载有儿孙。问姓只首肯，问祖不成言。初悟先生志，功名绝蒂根。南山当户秀，有酒犹盈樽。饮食通邻舍，情话集一门。魏晋何可问，已忘今所存。悠哉别天地，仿佛入桃源。（《渊明故宅图》[家庙奠一杯请其器而归]）

伊藤往往能片言中的，写出江南精神。如写林和靖：

> 苏公栽柳，岳王就刑，独有先生异世遇，湖山碧万顷，梅花只两句。（《林处士墓次苏道人原韵》）

更难能可贵的是他诗画合集。他真正很爱江南，一笔一画总关情。他的背后居然有一个“江南吟社”。社里的头儿，他的友人渡边给他的诗画合集很高的评价：“从来诗画王摩诘，首倡东瀛孰夺朱。”[①]确是近代很有特色的一种汉诗别集。

① 渡边白峰：《江南游藻》题识。

如果说上面两位老人属于简单的诗人，而股野就是一个政治性的达官诗人，他更能把握时代主流的精神调子。《苇杭游草》的特点是诗文合一，议论极多。作者费时五十七天，行程三千里，一路从北方走来，过山海关、万里长城、易水幽燕、黄河，格局更大，感慨更多。再加上他的身份是帝国博物馆的总长，旅行的性质是官游，因而呼朋引类，开合自如，题材显得更为多样，视野更为开展。同时，也有学者的考订、官员的考查等精神融注其中。正如序所说，“雄都之风物、江山之伟迹，宾朋邂逅，胜会征逐。或览宝库，或品古器……视之，从来游海外纪其行者，可谓出一头地矣。君今为帝室博物馆总长，纂此行所获数千年古国之古典事物，征之博古之学，参互考订以发其旨趣”。他对古典中国、对江南文脉，有很深的领会，然而，与其他几种相比较，他似乎更多一点理性、自上而下的心态，处处对清政府官员的迂颟无文以及中国社会文明的落后，持一种批评的态度。也许，他的诗文合一的形式，恰好可以用来平衡理性与感性；而他相当敏感的南北区别，也可以作为一种框架，托起他对古典中国与文化中国的复杂感情。当然，敏感的读者还可以从中多少读出一点帝国心理。譬如作跋的同学之一，就曾经从他自己的“舟车到处人迎送，得此优游亦圣恩”一句不经意之词，读出日俄战争、中日甲午战争之后，日本人征服者的帝国心态：

> 然非我皇多年经营满韩之地，扫攘障害，亦不能舟车安稳为此快游。则诗中所谓“舟车到处人迎送，得此优游亦圣恩”，可谓知其所因者矣。（三岛中洲跋）

而《吴楚游草》的作者是一真纯的学人兼佛门宗师，他似乎不关心现实中国的问题，更多沉浸于古典的世界。当然，他的诗歌却并无释子气与书袋气，自在真切，触处生春，有一种喜气与机趣，似乎是学杨万里、袁小山一路。有些议论也颇有自己的见解，如写运河：

> 河堤叠石土功新，运路钦看长利民。真个盖棺论始定，当年老虎是仁人。朱宝山，曾知扬州，为政稍苛，人呼曰老虎。然抢私财，修运河堤防，两岸迭石数十里，坚牢可观，今日往来舟人，皆称其德云。（《溯运河抵扬州舟中三首》之三）

可能前田慧云的西湖诗及江南名胜诗，是写得最详尽细致的。他在杭州只呆了三天，得诗十八首。离开杭州前夕写的诗句“预识故园归卧夜，仍劳魂梦到杭州”，流露的感情也较为深切。

由于纪游诗多写于途中，这四种汉诗都写得比较浅露直白，情随境生，自然感发。但是由于他们所歌咏的江南古典名胜，有足够的内涵作诗料，因而成全了他们的诗歌情意婉至，一唱三叹，而不至于太俗白。或许，江南因为有许多可以令人吊古伤今的胜地意象，因而潜意识里可以满足日本近代汉诗人们那种既钟爱又轻蔑的矛盾心态？因为他们的传播，这些江南的胜地与名典也成全了一次跨洋的东游，继续吸引着后来的学者兼诗人如内藤湖南、吉川幸次郎、青木正儿等人的江南想象。

采撷那天地间灵秀之气

——历代女性诗词鉴赏辞典序

“人文之元，肇自太极”（《文心雕龙·原道》）。太极有阴阳之分，人类有男女之别。一并寓形宇内，各感其所感，思其所思，形之于文字，而成为文学，既有作为人类的共相，也有因性别而导致的殊相。性别之殊相，又不仅止于性别本身，其间种种参差，又与国家种族、文化传统、历史嬗变、社会阶层及个体差异等多种因素密切相关，因而，女性文学，内涵丰厚，已然成为当今重要学问领域。

诗词以语言之凝练、韵律之谐雅等特征而成为中国文学传统中的尤其精美的体式。女子性秉坤德，富于情而偏爱美。染指诗词，本宜多有自抒性灵、各如其性分的佳作传世。然而，在中国数千年以男性为中心的社会文化习俗中，女性身份既已处于从属地位，女性写作也自然受到由性别文化所积累的强大约定俗成之力的种种压抑与牵制，这使得女性诗词一开始就成为闺阃高墙的砖石缝隙中一支歧出的花。

这样的社会背景首先决定了女性诗词创作题材的局限。如其所知，人不分性别，生而被各种条件所限制，只能在有限的舞台上展开自己的人生；但相对而论，历史为女子设定的舞台更小。传统社会中，男子可以为士农工商，女子却只有依附于男子而固守家庭，因而书写家庭日常生活之悲欢自是女性诗词最主要的题材。就社会交往而言，“四海之内皆兄弟”只适用于男子，女子无论婚前婚后，所允许交往之人都十分有限，故良家女子集中，父兄夫君子女之外，朋辈之诗词往还，亦以女性同道为主。寄外诗及寄女性亲朋之作，是女性诗词另一重要题材。“物不得其平则鸣”，同有不平，男子可以直抒胸臆，不拘一格；而女子受传统妇德所限，喜怒哀乐均不敢恣意直言，故女子诗词多咏物及题识之作：或借物寓怀，曲传心愫，或借评赏他人作品来一吐自家块垒。至于山川风物之作，男子可以匹马壮游天下，而女子鲜有陟山观海或凭栏怀古的机会，所见者亦多为庭中四时寻常之景，故集中多写闺阁园亭、春花秋月之篇。虽有怀古诗词，多为闺中驰情想象而成；虽亦有寻奇览胜之作，然所占比重不多。而观览画中山水，即便足不出户，亦可披图幽对，足抵卧游，可算是被压抑的烟霞泉石之好的一种释放与弥补，故题画之作也多见于女性诗词，题画诗亦可算作上述题识之作中的一类。

总之，与男性诗词相较，女性诗词之题材不免显得狭窄。所谓“春闺秋怨，花草荣凋”（章学诚《文史通义·妇学》）、“批风抹月，拈花弄草”（梁启超《论女学》）都是前人对一般女性诗词题材内容之局限性不无遗憾的概括。虽然在时代与个人之重大变故的激发下也会导致女性写作题材领域的拓宽，但这些作品在漫长的女性写作史中毕竟不占主流。而近代女性解放运动先驱如吕碧城、秋瑾等人所开拓的前人未有之域，也不过近百年来才有的事情。

女性的从属地位不但影响到女性创作的题材，也影响到女性诗词中的情志。传统女性作为不事生产、不能自立的男性附庸，家庭是传统社会为其所限定的主要活动空间，婚姻是大部分女性的唯一归宿，婚前既不能自由选择，婚后更是“百年苦乐由他人”（白居易《太行路》），于是“愿得一心人，白头不相离”（卓文君《白头吟》）便成为古来多少女子的共同期待。然而，衣食用度既须仰给于人，苦乐沉浮必然左右于人——女子的幸与不幸大多取决于夫家待她的厚薄以及家庭经济状况等外在因素。对于有才识的女子而言，琴瑟和谐与否还须建立在二人志趣相投与人格平等的基础上。这在性别文化不平等已相沿成俗的社会背景中，尤其难得一遇，所谓“赌书泼茶”和“赖有闺房如学舍，一编横放两人看”（孙原湘《示内》）的生活，对于传统社会中大多数女性才人来说，只是一个遥不可及的梦想。而比比皆是者，则是因婚姻问题直接间接导致的各种人生悲剧，如朱淑真因大胆追求所恋而死后无地葬身；江右女子被戴复古骗婚而投水自尽；唐婉因不容于姑而劳燕分飞；冯小青因不容于大妇而独居别馆；贺双卿因夫暴姑恶而劳瘁早亡，吴江叶氏姊妹因婚姻不幸及婚姻恐惧而兰摧玉折等等。甚至可以说，婚姻悲剧是传统女性最主要的人生悲剧，婚姻家庭的不幸与烦忧即使在重重束缚下不敢明言，也成为这些女性诗词中挥之不去的底色，并渗透于各种题材的创作中。即使抛开遇人之淑与不淑及夫妻之间的融洽与否，一般传统家庭往往聚族而居，几代同堂，人际复杂，况柴米事烦，中馈劳形，侍奉姑嫜、养育子女，都对传统女性日常生活造成很大的牵累，以至于令无数世间儿女神往的理想伴侣沈复与陈芸，其婚姻生活中“坎坷记愁”之愁丝毫不逊于“闺房记乐”之乐所占的分量；而同样堪称良缘佳偶的蒋坦之妻关锳也曾有“一样红颜漂泊感，盐米光阴无奈”（关锳《金缕曲·答沈湘涛》）的叹息。佳偶如此，馀可知也。所以，女性诗词中充满“人生实难”的感情色彩。同写忧患，如果说男性作者在忧生之外多有忧世之怀，女性作者则毕竟以忧生为主。而且女子所忧之生，也与男性以出处穷达为主之忧不同，而是多与眼前身畔之琐屑切近的烦恼相关。

女性诗词之情志的另一特点是不时流露出对女性身份的反思。面对不平等的性别文化与自身的劣势处境，大部分女性才人只是幽闺自怜，默受隐忍，安于千百年来的社会传统为她们所安排的定命。一部分女性有所觉悟，如江珠在其诗钞自序中云："终日坐愁，藏身于针孔"，即形象道出女性单调的针黹生涯与逼仄的生存空间的双重困境，而"附赘悬疣"更是出于作者对女性依附于人之处境的真切体认。体认到劣势与卑微已足堪悲，觉悟到自身的可贵才华与可悲处境之间的强大反差则更令她们徒叹奈何，所谓"文章有道，何补闺中"（江珠《凤凰台上忆吹箫·再和心斋》）以及"纵诗成白雪，舌长青莲，究与生平何补"（沈善宝从《凤凰台上忆吹箫·寄兰仙妹》）等诘问，都是她们激于性别限定对个人才华之摧抑所发出的不平之鸣。既然有了觉悟，难免转化为努力寻求突围的行动。但这也需要社会发展到一定阶段，坚固的封冻面出现某些融化松动之处时才有突围的可能。即如秋瑾等人倡导男女平权，也是在国际女性解放运动的大背景中才得以展开，而在漫长的女性诗词写作史中，尽管不乏女性作者对于自身处境的反思与薄命之由的追问，但最终大抵归于无可奈何的穷途之恨而已。

当然，女性诗词中所流露的情志并非只有忧生之嗟与穷途之恨。社会历史为女性人生轨迹做了整体上的划定，个体的因缘际遇却又千差万别。而且仅就其中命途多舛的个体而言，也并非一生始终愁苦。当她们处于相对安宁静好的岁月时，也不乏书写良辰美景或赏心乐事的作品。上文提到家庭琐事给女性带来的困扰与烦忧，其实苦与乐并非绝对：当家庭琐事繁重到一定程度，或与家庭成员间的强制与压迫之势相挟裹而作用于女子柔弱的双肩时，自然是只觉其苦；若家庭氛围比较和谐，则琐屑的忙碌中亦能体会到独得之乐。能够在最平凡的生活中发现美并以诗意的文笔书写出来，是女性诗词的一大特点。所以不但是寻梅踏雪、听琴品茗等风雅之事，即使“曝背”这样的小幸福，“染指甲”这样女性特有的小妆点，乃至于“糊窗”、“补裘”这样再寻常不过的家务劳动，也能被某些女作者们写得诗性盎然。女性作者写其乐亦如写其忧，多与切身切近的具体情境与处境相关，这自不同于志存高远的男性作者笔下常见的“天下之忧”与“天下之乐”。

以上主要就以男性为中心的中国传统社会中女性诗词在题材内容及感情志意两方面的影响简单概论一番。不难发现，若以评赏男性诗词的标准来衡量女性诗词，则后者不但在题材方面不及前者广泛，情志方面也不及前者高远。胡适曾以“不痛不痒”来形容清代的闺阁文艺，即是忽略了性别文化所造成的不同性别之不同处境，用与衡量男性文学同样的标准来衡量女性文学的结果。那么，如何来阅读鉴赏女性诗词文学作品？

首先，我们应该转换阅读女性文学作品的观念。如果我们不是从文学史的角度，不是从文学竞赛的意义，不是从挑选一流艺术好作品的单一文学欣赏标准出发，如果我们不仅仅是将文学书写视而为一种艺术，而是更多地将大多数古代女性的文学书写视而为人生苦痛与伤病的一种“疗治”，所谓“诗可以怨”，写诗如疗伤，——那么，我们就不要去从经典与艺术上去苛求她们。中国文学门槛不高，讲格律懂形式即为美文，古代女性稍识字即能做到。但是中国文学又有“境界”的观念，“境界”能够无限悠长和幽深。所以宽入深出，即文学书写容易，文学大家不容易。文学书写容易，是指古典中国的文化传统给中国人生的一个重要的文化设计，即人生之不幸，人人可以由文学而疗伤。诗词可以释放或升华情感心理。因而女性的写作，它的功能不是成为经典作家，它的功能至少有一个，即疗伤，通过写作达到自我理解、自我解脱与自我释放，也暂时超越了苦痛的现实。我们今天研究这些作品，也可能增加对异性的同情的理解，从而扩大我们的生命体验。这是第一个同情的了解。

其次，女性文学特具的精致、细腻、敏锐、善感，特具的一份日常人生的温馨与深婉，恰能表达“天下灵妙之气”不钟于男子，而钟于女子的一幅特美，值得我们多从女性的角度深省细析。其实清代闺阁诗人梁孟昭就曾这样感叹曰：“我辈闺阁诗，较风人墨客为难。……足不逾阃阈，见不出乡邦。纵有所得，亦须有体，辞章放达，则伤大雅。……即讽咏性情，亦不得恣意直言，必以绵缓蕴藉出之，然此又易流于弱。诗家以李、杜为极，李之轻脱奔放，杜之奇郁悲壮，是岂闺阁所宜耶？”（《寄弟》）这既是对自己所属群体之创作困境的一种反思，也可看作对以男性标准来衡量女性诗词的一种自辩。所以，我们今天来鉴赏女性诗词，应该将视角回归到女性本位，这是第二个同情的了解。如果从女性写作的社会背景与具体处境出发，不仅知人论世，更知其女性之人与世，从细致深入的文本切近体认其生命情感与心灵颤动，才能真正感受女性诗词亦自有其不容忽视的美感与价值。这里，简单提出几点如下：

其一是生命真切诚挚之情。

从创作背景及条件上看，在中国传统社会中，受各种条件所限，女性作者不但数量上与男性作者相差悬殊，阅读视野及切磋诗艺所投注的精力一般也远低于男性作者。这一则使女性诗词创作整体上不及男性创作的博雅精工，同时也使得其创作多写自己的真实感受，而不易落入前人窠臼之中。所以，女性诗词中极少模唐拟宋或诗法某家者。另有一种情况，则是在遭遇了非常变故的情况下，以血泪甚至生命来书写的诗词，此类作品全无承袭，一空依傍，却因其一字一泪的真实而具有动人心魄的力量，如蔡琰的悲愤诗、华山畿女子的殉情诗、唐婉的沈园词以及江右女子的绝命词等即是如此。法国女性主义作者露丝·依丽格瑞(Luce Irigaray)认为女性语言应该摆脱男性语言的定型架构与传统，只是坦白地在“自我编织”中进行。像上述所举这类女性诗词，大多属于受男性语言系统影响较少的女性自我书写。

从创作目的与动机来看，在中国传统社会中，女子主内，秉承“内言不出”、“无才是德”的古训，相当一部分女性创作并非出于炫才逞博的目的或名山事业的理想，在种种有形无形的压力下，她们大多忧谗畏讥，深自韬晦，尤其是在晚明“才媛”得以被男性社会认可之前，“女子弄文诚可罪”，而“咏月更吟风”(朱淑真《自责》二首其一)的诗词创作对女性来说更是非分之事。这种状况下依然创作的女性，或如章学诚所谓：“间有擅者，出于天性之优，非有争于风气，骛于声名”(章学诚《文史通义·妇学》)，摆脱功利，则纯任性灵，于是“自鸣天籁，不择好音”(蒲松龄《聊斋自志》)，虽未必尽其美，却大抵得其真。

再从情意的表达与抒发来看，受传统妇德所限，顾忌重重的传统女性固然很多情况下因“笑啼俱不敢”而束缚了情感的自由抒发，但郁积既久而不得释放，反而在内心凝聚成一种潜在的巨大能量。若遇到某种机缘触发，可能会借他者口吻或以评议他者的形式来抒写自家感慨。抒情主体的转移或假借不但不会影响其感情表达的真实，有时反因可藉他者为掩饰而减少禁忌，从而更加自由地抒发作者痼结于五内的肺腑之情，这种情境下写出的作品往往因其直击人性的真实而具有特别的感染力。比如贺双卿借咏孤雁来写自己难为人道的苦境，曾使杰出的词论家陈廷焯为其"泣数行下"(《白雨斋词话》)。再如《随园诗话》中也曾记载一对违背礼教的情侣自缢殉情后不为双方家庭所谅，最后由邑宰买棺而双瘗之并请城中绅士为之赋诗的事情。当时身为诗坛领袖一类人物的袁枚都感到此题"褒贬两难"，反倒是他的女弟子孙云鹤所咏最佳。之所以如此，或因男诗人主要着眼于此事之伦理评判及社会影响，故于情、理之间举棋不定；而女诗人则为情事本身所打动，一时触发了自己"得成比目何辞死"的痴情，故能以真挚动人的缘故。无论贺双卿还是孙云鹤，都是以他者为假借来写自己的真切感受，之所以深刻感染读者，主要在其性情之真。

其二是人性婉约幽眇之美。

这首先表现为一种弱势群体在强势社会压力下隐忍坚持的品质之美。中国传统女性自幼受德言容功的教育，大多朝乾夕惕、巽顺温良，具有非同寻常的隐忍修养。作为弱势群体，处于男权社会的重重约束之中，她们遭逢逆境时惯于选择承受；忍无可忍而借文字表达时，也不得不将其难言处以隐曲姿态变化出之，这就形成了一种特有的美，叶嘉莹先生称之为"弱德之美"。[①]

此外还表现为给予及奉献之美。《系辞》曰："夫坤，其静也翕，其动也辟，是以广生焉。"前文说婚姻是大多数传统女性的唯一归宿，对于有才德的传统女性而言，若未遇所恋或所遇非人，

① 关于叶嘉莹"弱德之美"，最切近的一个分析见曾庆雨《试析"弱德之美"及其在叶嘉莹词中的体现》，载《叶嘉莹教授九十华诞及中国诗教国际学术研讨会论文集》第 357—362 页，南开大学中央文史研究馆 2014 年 5 月。

她们往往将情愫隐忍深藏，如静之翕；若得遇相知相赏之人，则敞开心扉而无私投注，如动之辟。一般欣赏习惯中往往偏重于关注女性贞静之美，其实静与动原是一体之两面，而“静女其淑”的另一面恰恰是热烈逾于常人的奉献与回报。这类女子极重精神层面的安慰，“称心”则“易足”，故若得遇同道，她们会因乐道而益加安贫，其诗词中也经常流露出一种安贫知足的人格美，这与某些男性诗词中的嗟贫叹乏形成鲜明的对照。当安贫乐道与给予奉献的精神统一在女性诗词中时，其人格之美显得格外动人，在这种情况下，即使“随意盘餐，寻常荆布”（薛琼《沁园春·同芥轩赋》）也焕发出无限的风流旖旎。而拔钗换酒、举案齐眉几乎成为她们诗词中热情回报所恋的两个象征性符号。法国女性主义学者海伦·西苏（Hélneè Cixous）提出“阴性书写”（écriture feminine）之说，认为男性父权中心的运作方式乃是占据和拥有，而“阴性书写”则是“给予”（此处海伦·西苏的“阴性书写”及上文露丝·依丽格瑞的“自我编织”之说，均转引自叶嘉莹先生《女性语言与女性书写——早期词作中的歌伎之词》一文），虽有以偏概全之嫌，然读中国女性诗词，的确经常可以读出一种质朴无华的竭诚奉献之美。

其三是韵致空灵馨逸之妙。

谢庄曰：“日以阳德，月以阴灵”。《南齐书·天文志赞》曰：“阳精火镜，阴灵水存”。好女子之性情如月如水，得天地灵秀之气偏多。邹漪认为“乾坤清淑之气，不钟男子，而钟妇人”（邹漪《红蕉集·序》），这与《红楼梦》中贾宝玉认为女儿以水为骨肉的观点堪称同调。水月虽有实体，却含虚灵之韵，如梦如影。相对于男性作者而言，女性书写感官触角之深细轻柔，意境纯洁、清莹，具有特别的美与性灵。禀有清才的女性才人多有蹈空梦想、秀逸出尘的气质，她们的诗词也具有超逸空灵的韵致。

传统社会中，士学而优则仕，生前有修齐治平的理想，身后有三不朽的愿望，君国、功业、出处、交游等主题已将生命重重占据，即使身处底层，不求仕进，亦当为一家生计奔波。而女子居于家中，虽或也被繁重家务困扰，处境却相对单纯。当她们被剥夺了诸多权力、限制了诸多自由后，有时反而保留了一种未经淆乱的本色，如同重重剥尽蕉叶后所剩的蕉心，以无荫蔽的心体来感受浮生琐屑的悲欢；与此同时，生命的空间也因缺少男性那样种种自外而内的规划而大量留白，于是留给梦与影等轻灵的质素憧憧往来。

即以对科第功名的态度为例，与男性士人多以功名事业为生命重心不同，具有真性情的女子对此相对要超然很多，她们虽不排斥功名也不拒绝利禄，但不会因此喧宾夺主，促使其夫其子成为丧失生命本真的禄蠹。她们最关切也努力营造的是相知相惜的艺术化人生，功名事业反倒成了诗意人生的陪衬。这是一种超逸的人性之美，也是这一类女性诗词别具虚灵韵致的一个原因。这在女性诗词里，主要体现于送夫送子赶考之前的勉励以及落第归来后对他们的安慰中，席佩兰堪称这类女性中尤其高逸卓绝的作者。在她眼里，落第归来的丈夫倒像是久别重逢的知交，她看重的不是一时的得失荣辱，而是夫君人格的尊严、对素心的护持及其诗文的永恒价值。所谓“纵怜面目风尘瘦，犹睹襟怀水月清”（席佩兰《喜外归》）正是得见夫君之素衣未被京尘所化的无限欣喜。之所以能照见对方的襟怀之清，恰恰是因为自己之心同水月般明澈，所谓“吾亦澹荡人，拂衣可同调”（李白《古风》其十）是也。邹漪所云之“清淑”，宝玉所云之“水为骨肉”，当指这类女子。而空灵高逸的韵致正是这类诗词的共同之处。

以上简要概括了在以男性为中心的性别文化影响之下，女性诗词创作的题材内容、情感志意以及几点值得注意的美感特征。当然，这些特征并非女性诗词所独有，只是出现在女性诗词中，自有因性别等因素造成的某些特殊性，因此与出现在男性诗词中有不同的表现而已。同时，由于女性诗词写作的历史跨度之长，不同时代政治文化等因素所造成的具体变化之大，诗与词作为两种不同文学体式各自具有的特殊性，创作群体中个体差异的复杂性，以及时代变迁中女性创作主体的身份变化及地域特征等诸多因素的交互影响，上述观点自难免有以偏概全或挂一漏万之处。若想理清这些问题，远非一篇文章所能包容。

而且，女性诗词不但受到男性中心的性别文化以及男性社会对女性创作所持态度的影响，也自始至终受到男性诗词创作的影响。其中既包括题材及语汇方面的吸纳与借鉴，也包括风格与气象方面的参照与模拟，这在某些教育背景与男性作者类似的女性作者中表现得尤其突出。因为历代文学作品毕竟以男性书写为主，读其文字而受其影响往往在不期然之间。若这些女作者再身经时代的离乱，则其作品往往兼具风云之气与沧桑之慨，如李清照、徐灿、沈善宝等人的某些作品即是如此。而当近代女权运动兴起之后，一些女性作者纷纷觉醒而欲作“新民”，其诗词的内容意境更是有了极大的拓展，表现出以往女性诗词得未曾有的崭新面貌。中国古代有“阴阳不测之谓神”及“万物负阴而抱阳”之论，西方文论有“双性同体”及“性别越界”之说，女性诗词既有其自身的特点，也不能和男性诗词截然对立来看。我们不能因其共相而否定殊相，也不能执着殊相而不见共相。

对于性别之不同,吕碧城曾有一个非常形象贴切的比喻。她说:“国之有男女,犹人体之有左右臂也,虽一切举动操作,右臂之力居多,然苟将左臂束缚之,斫断之,尚得为活泼之躯乎?尚得为完全之体乎?”(吕碧城《论提倡女学之宗旨》)中国女性被不平等的性别文化压抑束缚了数千年之久,恰如一条伤残的左臂。尽管伤痕累累,但血色中依旧开出不少明艳的花。这些花或有意留痕,或无意留痕,几经荣落后,旧痕与新痕交错。无数花痕未被人知,既带着只有她自己真切感受过的悲欢永远消逝在历史中;而有些花痕,则因为某些特殊因缘一直存留到今天。

最后需要再补充的是,阅读与欣赏女性书写,与阅读欣赏所有的中国古典文学一样,有“实”与“虚”两面。“实”即求真求实,知人论世,同情的了解;“虚”即兴发感动,蹈空与想象,欣赏者自家由作品的感发,而阐发体认自家人生与生命的种种况味,甚至生发哲学与历史的种种幽情。尤其是面对女性书写,更易于接引丰富的意义世界,西方有歌德“永恒的女性,指引我们飞升”这样的超越之思,中国也有曹雪芹将大观园里的女儿们赋予“天地清明灵秀之气”的形上之境。牟宗三论阮步兵哭邻家女之灵前,阮步兵与邻家女并无交道,也并不识邻家女的父兄,他之所以有如此一哭,是感动于天地间灵秀之气之一瞬而逝,是哲人之哭。而陈寅恪晚年失明膑足,之所以“著书唯剩颂红妆”,更是深有感于中国文化受屈辱遭毁灭与不屈抗争的命运,与明清之际的女性书写与女性命运一体,象征了国族与历史生命的苦痛与美的毁灭,是文化史家之哭。

克罗齐说:“一切历史都是当代史”。现代女性的生存环境与生活状况已迥然不同于传统女性,但“述往事”可以“思来者”,重新品读往昔的作品,可使我们在更广远的时空中理解当下并把握未来。我们编选这部辞典,即是从中国历代保存下来的女性诗词中撷取一部分来鉴赏,感受其哀与乐,感与思,并探析其各自独特的美感与价值,以期能对今日读女性诗词者稍有助益,故谨弁芜言于此。

图书在版编目(CIP)数据

江南诗学:中国文化意象之江南篇/胡晓明著.—
上海:上海书店出版社,2017.6
ISBN 978-7-5458-1461-3

Ⅰ.①江… Ⅱ.①胡… Ⅲ.①诗学-诗歌研究-华东
地区 Ⅳ.①I207.22

中国版本图书馆 CIP 数据核字(2017)第 097975 号

特约编辑 孙 莺
责任编辑 曹勇庆
封面设计 汪 昊
技术编辑 吴 放

江南诗学:中国文化意象之江南篇
胡晓明 著
上海世纪出版股份有限公司
上海书店出版社出版
(200001 上海福建中路 193 号 www.ewen.co)
上海世纪出版股份有限公司发行中心发行
上海叶大印务发展有限公司印刷
开本 710×1000 1/16 印张 15 字数 150,000
2017 年 6 月第 1 版 2017 年 6 月第 1 次印刷
ISBN 978-7-5458-1461-3/I·390
定价 45.00 元